열일곱,
사랑앓이
Love

사랑이 궁금한 나이, 열일곱
두근두근 사랑의 감정코칭

| 이지은 지음 |

열일곱,
사랑앓이

Love

팜파스

여는 글

청소년들에게 사랑이라, 참 어색하다. 그들도 사람이니 밥을 먹고 싶거나 성공하고 싶은 욕구처럼 사랑하고(받고) 싶은 마음이 있을 텐데 이상하리만치 방치되어 왔다. '애들이 무슨'이라는 모르쇠로 일관하다가도 '이성교제'라는 건전한 이름을 붙이고, '성교육'이라는 어색한 프로그램만 던져준다.

어른들이 하면 사랑, 십대들이 하면 이성교제. 사랑의 자격을 나이로 구분할 수 있을까. 불륜이나 폭행으로 얼룩진 어른들의 사랑보다 심장이 튀어나올 듯한 두근거림을 간직한 십대들의 사랑이 훨씬 멋지게 느껴지기도 한다.

혼자 밥 먹기 시작할 때 숟가락 드는 법을 가르치듯 이성에 대한 마음이 싹트기 시작하면 사랑하는 방법을 알려주어야 한다. 누군가를 좋아하는 감정은 지극히 건강한 것이며, 남녀가 서로 '사귄다'라는 말은 상당한 배려를 내포하고 있다는 것, 나도 모르게 오버하는 행동과 딱딱해지는 몸은 어떻게 다스려야 하는지도 가르쳐주어야 한다.

발달 과정상 청소년기의 사랑은 성인이 되어 하게 될 배우자 선택의 연습이다. 궁극적으로는 결혼과 출산을 위한 것이지만 이제 막 피어나는 설렘 앞에 성관계와 피임을 언급하는 것은 성급하다. 실제로 우리나라 청소년의 96% 이상은 학교에서 실시하고 있는 성교육*에 만족하지 않았으며, 충분하지 않다고 대답하였다.

형식적인 성교육보다 지금 내가 느끼는 사랑의 감정을 건강하고 행복하게 배우는 것이 먼저 아닐까. 이제 사랑을 시작하는 청소년들은 사랑을 하며 부딪치는 갈등, 후회, 호기심, 성장의 과정을 정성스럽게 거칠 필요가 있다. 십대들의 이성교제를 '쓸데없는 짓'으로 몰아붙이는 것은 괜한 오기를 키울 뿐이다. 또한 미숙한 이성관을 가진 성인이 양산된다는 의미이기도 하다. 사랑 받으며 유아기를 보낸 아이들이 티 없는 성격을 형성하듯 청소년기에 건강한 사랑을 경험한 이들이 행복한 사랑을 만들어간다.

사랑은 그 강렬함만큼 상처와 충격을 주기도 하지만 잘 배우고 익혀 단단한 마음이 준비되어 있다면 그 또한 무사히 견뎌낼 수 있으리라. 어른들이 걱정하는 임신과 학업 태만 문제 또한 성숙하지 못한 태도에서 비롯된 것이니 무조건 막는 것보다 바르게 가르치는 것이 현명한 일이다.

★ 사실 성교육이란 청소년기에 갑자기 필요한 것도 아니며 청소년기부터 시작해야 할 것도 아니다. 성교육은 성에 대한 관심이 시작되는 유아기부터 성생활 적응이 요구되는 성인에 이르기까지 계속되어야 한다.

이제 십대들에게 들려주고픈 사랑 이야기를 시작하려 한다. 그들이 겪는 평범하고도 흥미진진한 사랑의 즐거움에 나도 함께 푹 빠질 것이며, 사랑하며 부딪히는 갈등과 어려움에는 어른스러운 조언도 해줄 것이다.

무엇보다 자신을 먼저 사랑할 수 있기를, 또 사랑하고 사랑받는 행복을 두려움 없이 누려보길 바란다.

2013년 사랑만큼 뜨거운 여름에

이지은

Contents

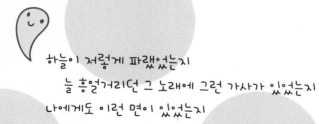

하늘이 저렇게 파랬었는지
　늘 흥얼거리던 그 노래에 그런 가사가 있었는지
나에게도 이런 면이 있었는지

　비로소 알게 된다.

사랑에 빠지고 나면……

episode 1

용기 없는 밸런타인데이

2월 14일 밸런타인데이는 겨울방학 후 봄방학 전, 긴장감이라고는 전혀 없는 학교생활 중에 끼어 있다. 아이들에게는 학년을 마치는 기념으로 초콜릿을 선물하기에 좋은 기회를 제공하는 날이기도 하다.

세경이는 이번 밸런타인데이에 초콜릿을 직접 만들기로 했다. 한 달 전부터 인터넷을 뒤져 예쁜 초콜릿을 만드는 방법은 물론 재료를 파는 곳, 포장하는 방법까지 모두 마스터했다. 초콜릿의 진짜 주인공은 따로 있지만 학교 선생님들과 친구들, 학원, 교회 선생님들께도 선물할 생각이다. 물론 친구들에게는 만들다 망친 것들이 전해질 가능성이 높았다.

세경이가 좋아하는 아이는 같은 반 남학생 '성형'이. 이름은 따로 있지만 전교생은 물론 선생님들까지 성형이라고 부른다.

"왜 이름 놔두고 성형이라고 불러?"

"학교 앞에 전철역이 있는데요. 학교로 나오는 출구 쪽에 성형외과 광고판이 있어요. 거기 사진에 나온 남자랑 완전 똑같이 생겨서 그 광고판 붙은 날부터 다 성형이라고 불러요."

성형이는 연예인 뺨치는 외모로 이웃학교 아이들까지 모두 알 정도다. 그런 아이와 같은 반이 되었으니 어찌 관심이 생기지 않겠는가. 여자애들 사이에서는 성형이의 밥 먹는 모습, 체육복 입은 모습, 수업시간에 조는 모습까지 모두 이야깃거리였다.

"성형이한테 초콜릿 주는 애들 진짜 많을 거 같은데?"

"그래서 지금 친구들한테 내가 줄 거니까 주지 말라고 협박하고 다니는 중이에요."

초콜릿을 만드느라 온 집안을 어질러 놓는 세경이를 보며 엄마는 어이없어했다.

"얼마나 대단한 아이기에 이 난리를 치는 거야? 아이고, 참나."

초콜릿을 녹여 틀에 부으면 간단하게 끝날 줄 알았는데 생각보다 손이 많이 가는 작업이었다. 한참 만들어도 생각보다 양도 작았고, 덜 굳은 부분이 있어 포장이 지저분해지기도 했다. 세경이의 초콜릿 만들기는 새벽 두 시가 넘어서야 끝이 났다. '다시는 안 만든다'를 수도 없이 외친 후였다.

다음날 아침. 누가 만질세라 피아노 위에 곱게 올려둔 성형이의 초콜릿 바구니와 친구들, 선생님들께 줄 초콜릿 봉지를 들고 학교로 향했다. 버스 안에서도 바구니를 의자에 앉히고 세경이는 그 앞을 지키고 섰다. 몇 번이나 리본을 고쳐 묶고 포장 비닐을 바로 잡으며 무사히 학교에 도착했다. 일찍 온다고 왔는데 성형이의 자리에는 이미 커다란 초콜릿 바구니가 놓여 있었다. 대놓고 성형이를 좋아하는 5반 푼수가 분명했다.

'직접 전해줘야지. 그냥 자리에 두면 누가 준 건지 기억도 못 할 거야.'

하나둘 반 친구들이 등교를 하고 세경이가 어떤 초콜릿을 만들어올지 궁금했던 친구들이 세경이에게 몰려들었다.

"와! 예쁘다."

"언제 줄 거야?"

"내 건 없어?"

시끌벅적하게 구경을 하며 친구들에게 주려고 가져온 작은 초콜릿들을 하나씩 전해주었다.

"음, 맛있다."

"진짜 잘 만들었다."

"어떻게 하는지 나도 가르쳐줘."

"야, 너 후회할 거야. 나 다시는 안 만들기로 결심했어."

수다를 떨면서도 친구들과 세경이는 성형이의 동태를 살폈다. 5반 푼수가 일찌감치 두고 간 초콜릿은 성형이의 허락하에 남자애들의 간식으로 풀어지고 있었다. 쉬는 시간마다 성형이는 초콜릿을 받기 위해 복도로 불려나갔고, 그때를 틈타 차마 성형이를 부르지 못했던 여자아이들이 크고 작은 초콜릿

선물을 내밀었다. 3학년 언니들은 1학년 후배에게 초콜릿을 주고 오라는 심부름을 시키기도 했다.

예상은 했지만 이 정도일 줄은 몰랐다. 세경이는 점점 의욕을 상실했다. 쉬는 시간마다 초콜릿을 전해줄 타이밍을 노렸으나 성형이는 바빴다. 왜 그리 아는 사람은 많은지, 누구에게든 밝게 인사하며 고맙다고 말하는 그 표정은 또 왜 그리 멋있는지. 세경이는 머뭇거리다가 종례시간까지 오고 말았다.

'집에 갈 때 줘야지.'

가방을 챙기는 성형이는 친구들이 달라는 대로 초콜릿을 꺼내주었다. 그래도 커다란 쇼핑백에 초콜릿이 한 가득이었다. 5반 푼수의 초콜릿 바구니는 이미 분리수거통 옆에 놓여 있었다. 세경이 친구들은 가기 전에 어서 주라며 눈짓을 했다. 하지만 세경이는 그럴 수가 없었다. 성형이가 교실 문을 빠져나가자 친구들이 다시 세경이에게 몰려왔다.

"왜 안 줬어?"

"짐만 될 텐데 뭐."

"그래도 줬어야지. 이 바보야!"

"아깝다. 내일이라도 줘."

"무슨 내일이야. 웃기게."

결국 성형이를 위한 초콜릿은 담임선생님 책상 위에 놓였다. 그나마 담임선생님이 남자 선생님인 게 다행이었다. 선생님은 세경이의 초콜릿을 받고 크게 감동하신 듯했다.

"직접 만든 거야? 돈으로 살 수 없는 초콜릿이구나. 정말 고마워. 우리 집 사람도 이런 건 안 해줬었는데."

함께 간 친구들이 모두 같이 준비했다며 건넨 초콜릿을 받고 선생님의 감동은 배가 됐다. 세경이 혼자 감당하기에는 부담스러운 미소였다.

"왜 저렇게 좋아하냐 짜증나게."

"괜히 줬나? 그냥 너희들이랑 먹어 버릴걸. 담임선생님 주려고 밤새 그 고생을 했단 말이야? 아유 억울해."

허탈함에 휘청거리는 하굣길, 세경이와 친구들은 노래방으로 향했다.

그 이야기를 들은 세경이 엄마는 숨넘어갈 듯 웃었다. 웃음이 잦아들자 진지한 투로 꾸중하듯 말씀하셨다.

"그거 하나 줄 용기도 없어? 네가 뭐 잘못한 것도 아니고, 그냥 선물인데 못 줄 게 뭐 있어? 으이구, 못났다."

세경이는 만신창이가 되었다.

이성에게 선물을 주며 자신의 마음을 표현하기 시작하는 시기는 보통 초등 4학년 무렵이다. 그 전에는 체육시간에도 남녀를 구분하지 않고 한 데 어울려 뛰어 놀지만 초등 고학년이 되면 자연스럽게 남녀의 무리가 나뉘는 거다. 서로를 다른 존재로 인식하니 자연스럽게 섞여지지가 않는 것이다. 이때부터 중학교 1, 2학년 정도까지는 여학생들의 성장이 빨라 애정표현도 적극적이다. 하지만 이성을 보는 눈이 성숙하기 전이라 잘 생기고 키 크고 옷 잘 입는, 즉 우월한 외모를 남학생들에게 관심이 쏠리기 마련이다.

"킹카 좋아하는 게 쉬운 줄 아니?"

"그러니까요. 성형이 볼 때마다 힘이 빠진다니까요. 잘생기기는 왜 그리 잘생겨가지고. 어른들이 왜 얼굴값 한다고 그러는지 이제 알겠어요."

"성형이가 단순히 잘생겨서 좋은 거야? 너무 잘생긴 애들은 오히려 거부감 생기지 않나?"

"저도 처음에는 그냥 신기하게 봤거든요. 그런데 볼수록 괜찮은 거예요. 생긴 거답지 않게 겸손하고 예의도 바르고."

"성형이가 유독 예의 바르게 행동하는 건 아닐걸? 다른 애들도 다 그 정도는 할 텐데 유난히 성형이 행동만 돋보이는 걸지도 몰라."

"그럴 수도 있어요."

"좋은 마음을 가지고 보면 뭐든지 좋아 보이는 거지. 남들 다 하는 평범한 것도 그 사람에게만 특별해 보이고."

"맞아요."

"그게 사랑이야. 그 사람의 장점을 무수히 찾아내면서 점점 빠져드는 거. 남들이 보기에는 유치한데 내 눈에만 엄청나 보이는 거지. 남녀 간의 사랑이든, 부모자식 간의 사랑이든, 사랑은 다 그런 거야."

외모, 목소리, 옷차림 등 겉으로 드러나는 것으로 사람을 판단할 수는 없지만 그 사람에게 관심을 갖게 한다는 점만은 분명하다. 사람들이 첫인상을 파악하는 데 걸리는 시간은 평균 3초라고 한다. 사랑에 빠지기에 충분한 시간이다. 생긴 것만으로 사람을 좋아해서는 안 된다는 것을 머리로 안다고 해도 흘러가는 마음을 어찌 막을 수 있으랴. 이번 밸런타인데이에 세경이는 그 씁쓸함을 제대로 맛보았다.

"어떻게 생각하면 성형이 같은 킹카한테는 그 5반 푼수가 제격인지도 몰라. 남들이야 뭐라고 하든 굴하지 않고 꿋꿋하게 성형이를 좋아하잖아. 얼마나 용감하니."

"헐. 걘 진짜 자존심도 없나 봐요."

"그러니까 제격이지. 주변에 아무리 여자애들이 많아도 성형이만 바라보고 좋아하잖아. 너 같은 애들은 이렇게 상처받고 저렇게 자존심 상해서 버텨내겠니?"

세경이는 성형이에 대해, 5반 푼수에 대해, 용기도 없냐는 엄마의 말에 대해 다시 생각하기 시작했다. 세경이에게 성형이는 그저 이성에 대해 솟아나는 호기심을 쏟아 부을 대상에 불과한지도 모른다. 이건 성형이를 힐끔거리며 좋아하는 세경이 친구들이나 5반 푼수나 모두 마찬가지 아닐까. 그렇다고 이 여린 사랑에 외모지상주의라는 비난을 할 수는 없을 터. 누구나 마음속 사랑을 키우며 겪는 과정이기 때문이다.

호기심이든 무엇이든 누군가를 좋아하는 건 정말 멋진 일이다. 누군가에 대한 무한 긍정의 힘. 그 놀라운 사랑의 감정을 왜 부끄러워할까. 거절에 대한 두려움 때문에? 세경이가 용기를 내지 못했던 이유는 두려움이 좋아하는 마음보다 커졌기 때문이다. 누군가를 좋아한다면 행복함으로 충분하다. '친구들이 뭐라고 할까', '초콜릿을 안 받아주면 어떻게 하지?' 따위의 악마의 속삭임은 쿨하게 무시하자. 담임선생님께 의도치 않은 기쁨을 주었던 밸런타인데이에 세경이는 이렇게 또 한 단계 성장하게 된다.

용기 있는 자만이
미인을 차지할 수 있다.

-존 드라이덴

episode 2

바보 같은 사랑

주한이는 공부도 별로, 운동도 별로, 생긴 것도 별로다. 걸을 때나 앉을 때나 물오징어처럼 흐느적거렸고 누가 뭐라고 하며 헤헤 웃으며 넘어가곤 했다. 똑똑한 구석이라고는 요만큼도 없는 주한이를 현지는 좋아한다.

지루한 역사시간, 현지는 주한이의 생일선물로 줄 별을 접고 있었다. 별을 접는 종이마다 좋은 글귀를 써서 예쁜 유리병에 담아줄 생각이었다. 가만히 현지를 지켜보던 역사 선생님(주한이네 반 담임선생님)이 물으셨다.

"너 그거 누구 줄 거냐?"

유리병은 이미 선생님 손에 들려 있었다.

"아, 선생님 제발 주세요. 거의 다 접은 거란 말이에요."

"누군지 알려주면 줄게."

"정말요?"

"그래. 준다니까."

"그럼 교무실 가서 말씀드릴게요. 애들 다 듣잖아요."

"그럼 수업 끝나고 교무실로 와."

교무실로 간 현지는 끝까지 버텨볼 작정이었다.

"우리 학교 애예요."

"우리 학교 누구?"

"꼭 말해야 되요?"

"응."

"왜요?"

"말하기로 약속한 거니까."

"선생님 반에 있어요. 여기까지만 말씀드릴게요. 됐죠? 선생님, 저도 프라이버시가 있는데."

"무슨 프라이버시야. 아까랑 말이 다르잖아. 우리 반 누구? 상현이?"

"아니오."

"준우?"

"아니오."

선생님은 인기 많은 순서대로 반 아이들 이름을 나열했다.

"그럼 누구?"

"주한이요."

"주한이? 박주한?"

"네."

"참나. 걔가 어디가 좋니? 야, 너 눈 좀 높여라. 아이고, 그 꼴통을."

선생님은 재미있다는 듯 웃으며 유리병을 내주었다. 나도 궁금했다. 현지가 주한이의 어떤 점을 좋아하는지 말이다.

"바보 같은 게 얼마나 귀여운데요. 그게 매력이라니까요."

현지는 유리병을 학교 사물함에 보관했다. 집에 두었다가는 바로 엄마에게 걸리기 때문이다. 엄마는 '쓸 데 없는 짓'에 해당한다고 판단되는 모든 것을 거침없이 버렸다. 유리병이 학교에 있으니 별 접기도 학교에서만 틈틈이 해야 했다.

주한이의 생일이 다가오고 유리병의 별들도 거의 채워져 갈 무렵이었다. 화창한 봄, 학교에서는 체육대회를 준비하며 체육시간마다 발야구, 축구, 피구, 줄다리기, 농구 예선이 벌어졌다. 체육대회 당일에는 준결승과 결승이 이루어지기 때문에 이미 준결승전 진출이 확정된 반이라 하더라도 상대편이 누가 될지 경기 상황이 궁금할 수밖에 없었다.

그날은 주한이네 반이 줄다리기 예선을 하는 날이었다. 우리 반과 상관없는 경기라도 구경하는 재미는 크다. 체육시간은 5교시였지만 승패가 빨리 결정되는 줄다리기의 특성상 점심시간에 예선전이 벌어졌다. 자연스럽게 전교 학생들 대부분이 줄다리기의 관중이 되었다. 현지는 교실 창틀에 매달려 주한이네 반을 응원했다. 현지는 창 쪽으로 몰려드는 아이들 때문에 유리병이 깨질까봐 유리병을 품에 꼭 안았다. 수업종이 울리고 선생님이 들어오셨지만 아이들은 줄다리기를 구경하느라 정신이 팔려 있었다.

　"제일 늦게 앉는 사람 3명 벌점이다!"

　선생님의 말씀에 창가에 모였던 아이들이 우르르 움직였다. 현지는 이리 저리 밀리다가 넘어졌는데, 땅을 짚으려고 본능적으로 손을 뻗는 순간 품에 있던 유리병이 떨어졌다. 유리병이 깨지고 그 파편 위로 현지는 무릎을 꿇어 버렸다. 순식간에 일어난 사고였다.

　"현지야, 괜찮아?

　"앗, 내 별!"

　선생님은 얼른 아이들을 멀찌감치 비켜 세우고 현지를 양호실로 보냈다. 현지의 친한 친구들이 유리병의 잔해와 흩어진 별들을 치웠다. 형태가 온전한 별들은 따로 모아두었다. 현지가 별들을 얼마나 끔찍하게 생각하는지 알기 때문이다.

　양호선생님은 손과 무릎에 박힌 유리 조각을 빼내고 소독약을 발라주셨다. 그리고 조퇴하고 병원에 가라고 하셨다. 하지만 현지는 상처보다 엄마에게 혼날 것이 더 무서웠다.

　"그냥 교실에 갈래요."

　"왜?"

　"엄마한테 혼난단 말이에요."

　"무슨 소리야. 빨리 병원에 가야지!"

　현지가 무릎에 붕대를 감고 교실로 돌아오자 반 아이들은 선생님과 현지의 눈치를 살피며 침묵에 빠졌다. 현지는 가방을 챙겨 집으로 향했다. 선생님이 쫓아내다시피 한 조퇴였다. 현지는 무릎에 5cm 정도 찢어지는 상처가 났다. 그 일로 현지 엄마는 현지가 유리병을 왜 들고 다녔는지, 그 안에 뭐가 들었는지 모든 걸 알아버렸다.

"엄마 표정을 잊을 수가 없어요."

"어땠는데?"

"완전 코믹 영화에 나오는 표정 있잖아요. '정말 가지가지 한다.' 딱 그런 표정이었어요."

"하하, 내가 엄마라도 그런 표정이 나오겠다."

"하긴. 하아~. 왜 이렇게 바보 같지? 그걸 왜 들고 다녔을까요? 그냥 사물함에 넣어두면 될 것을."

"사랑하면 다 바보가 되는 거야. 주한이가 바보 같아서 좋다며. 그럼 이제 주한이 생일선물은 날아간 거야?"

"다른 거 줘야지요."

"뭐?"

"막대사탕 주려고요."

"생뚱맞게 무슨 사탕이야?"

"친구들이 추천해줬어요. 주한이가 막대사탕을 자주 물고 다닌다고요. 좋아하는 거 같대요. 생각해보니까 그런 거 같아요."

현지는 예쁜 상자를 사서 막대사탕을 담았다. 손잡이마다 리본을 묶는 섬세함도 빠뜨리지 않았다. 생일카드와 함께 친구들이 모아준 별들도 상자에 담았다. 붕대 감은 다리로 주한이를 만날 수는 없을 것 같아 친구에게 전해 주기를 부탁했다.

체육대회를 앞두고 이런 저런 연습을 하느라 체육시간 이외에도 운동장에 나가는 시간이 많아졌다. 현지는 교실에 남아 있어야 했다. 덕분에 늘 반쯤만 해가던 학원 숙제를 빠짐없이 해가는 날들이 이어지고 있었다. 체육대회에 못 나가게 된 건 아쉽지만 조용히 교실에 앉아 공부하는 여유도 제법 괜찮았다.

한참 수학 문제를 풀고 있는데 역사선생님이 들어오셨다. 얼굴에는 빙글빙글 재미있다는 듯한 미소가 가득했다. 주한이가 생일선물로 별 대신 막대사탕을 받았다는 걸 아신 후다. 분명 사탕 몇 개를 얻어 드셨을 거다.

"실밥은 언제 푼데?"

"2주 뒤예요."

"그만 하기에 정말 다행이다. 얼굴 다쳤으면 어쩔 뻔했니? 그래도 주한이가 좋아?"

"아, 선생님."

선생님은 격려와 놀림을 한꺼번에 주시고는 빙글빙글 웃으시며 나가셨다.

청소년기는 사랑뿐 아니라 모든 감정이 치솟는 시기다. 작은 웃음 거리에도 데굴거리며 웃고, 불의를 보면 온갖 욕을 해대며 분노를 내뿜는 이유도 그 때문일 것이다. 십대들은 그 모든 감정을 다루기에 서툴다. 이제 막 돋아나는 감정들이니 '자제해라', '정신 차려라'고 잔소리하기보다는 사랑이든 반항심이든 그 감정에 푹 빠져볼 시간을 주는 것이 현명하지 않을까. 이런 저런 감정을 느끼는 자신의 상태를 가만히 들여다보는 것 또한 성장에 필요한 과정이다.

아이들이 누군가를 좋아한다고 하면 어른들은 그 아이의 성격과 행동가짐, 때로는 성적을 미루어보아 친구로 지내고 말지, 오래 사귈 만한지를 판단한다. 감정을 이성적으로 처리하는 데 능숙해진 탓이다. 하지만 청소년들은 그렇지 않다. 그저 누군가를 좋아하는 상황을 즐긴다. 생일선물을 준비하고 운동장을 내다보며 호들갑을 떨다가도 학년이 바뀌거나 전학을 가거나 현지처럼 어떤 사건을 계기로 딜컹 현실로 돌아왔을 때에는 신 나게 놀던 장난감을 내려놓는 꼬마처럼 그 재미에서 빠져나온다.

'내 무릎이 찢어져도 좋아. 그래도 널 사랑해.'

이런 심각함은 아니란 말이다.

절뚝거리는 현지의 뒷모습에서 크느라 애쓰는 씩씩함이 느껴진다.

'몸도 마음도 넘어지며 크는 거구나.'

현지의 사랑 이야기를 담은 무릎의 상처가 추억처럼 예쁘게 아물기를 바란다. 주한이를 향해 돌아난 현지의 바보 같은 사랑이 장차 어려운 이웃과 인류를 향한 사랑으로 커지기를 바란다.

바보 같은 사랑이 뭐 어때서?
사랑을 하면 원래 바보가 되는 거야.
그러니 하늘에 별도 달도 따준다는 노래 가사도 있지.
정신 똑바로 차리고 사랑이 가능할까?
내 마음을 다 열어주고 상대방을 그대로 품어주는 따뜻함.
자존심 다 버리고 홀가분하게 사랑에 빠지는 바보스러움.
그 행복은 맛본 사람만 알지.
그래서 사랑에 빠져본 사람은
다시 사랑을 하고 싶어지나봐.

episode 3

걔는 내 친구를 좋아해요

학급반장이고 내신 1등급, 수능 모의고사 평균 1.7등급. 야무지고 똑똑한 지연이에게 남자 친구는 없느냐고 묻자, 고민을 털어놓았다.

"저 삼각관계예요."

"삼각관계? 오~ 흥미진진한데?"

"하나도 안 흥미진진해요. 되게 비참하단 말예요."

"비참하다니, 그 남자애가 널 안 좋아하는구나?"

"엉, 선생님. 그렇게 대놓고 말하는 게 어디 있어요."

사연은 이랬다. 지연이가 좋아하는 남자 친구 재훈이는 꼬맹이 때부터 같이 자라온 동네 친구다. 같은 유치원에 같은 피아노 학원, 같은 초등학교, 같은 중학교를 다녔다. 지연이가 재훈이를 마음에 둔 것은 중학교를 졸업할 무렵이었다. 아무 생각 없어 보이는 같은 반 남자애들에 비하면 재훈이는 어른스러워 보였다. 고등학교 진학을 앞두고 진로에 대한 고민을 나누면서 깊은 생각을 할 줄 아는 재훈이가 멋있게 보였다고 했다.

"말이 통한다는 게 좋았어요. 제 얘기도 잘 들어주고, 여자 친구들이랑 있을 때보다 더 편한 면도 있는 거 같아요."

맞다. 관계를 중시하는 여성들에게 '내 말을 잘 들어준다'라는 것은 굉장히 중요한 요소다. 남성들은 첫인상의 선호도와 대화를 나누어 본 후의 선호도가 크게 달라지지 않는다. 하지만 여성들은 첫인상에 의한 선호도와 대화를 나누어본 후의 선호도가 상당히 다르다. 첫눈에 반한 사람보다 내 이야기를 잘 들어주고 끄덕여주는 사람을 더 좋아한다는 거다.★

같은 고등학교에 진학한 둘은 여전히 동네 친구로서 같은 독서실에 다니고 집앞 떡볶이집도 같이 다니며 잘 지냈다. 그런데 어느 날 재훈이가 지연이를 비참하게 만드는 한 마디 말을 던졌다.

"너 세린이랑 친하냐?"

쿵! 세린이라니. 재훈이 입에서 다른 여자애 이름이 나온 것만으로도 지연이는 서운했다. 그래도 쿨한 척했다.

"뭐 아주 친한 건 아니지만 그래도 같은 반이니까 잘 알지. 왜?"

"아니 그냥. 그때 봉사활동 갈 때 같이 갔었는데, 괜찮은 거 같아서."

★ 반면 남성들은 처음 눈에 들어온 그 여성에게 잘 보이기 위해 대화를 맞추어가는 경향이 있다. 그 여성은 호감을 느끼겠지만 같은 자리에 있는 다른 여성들은 '나에게 관심이 없구나', '자기 얘기만 한다'는 느낌을 받을 수 있으니 주의해야 한다.

그날 이후 지연이의 비참한 일상이 시작되었다. 지연이는 세린에게 재훈이의 사진도 보여주고 재훈이의 마음도 전해주며 다리를 놓았다. 재훈이는 거의 매일 지연이네 교실로 와서 세린이를 불러냈고, 지연이와 떡볶이를 먹을 때도 세린이에 대해서만 물어보았다. 온통 세린이 이야기뿐인 재훈이를 바라보는 지연이의 마음은 어땠을까.

"좀 실망스러웠어요. 세린이 만나기 전에는 진로나 공부하는 얘기부터 사회문제, 부모님 걱정, 철학적인 얘기 등 진지한 얘기도 많이 했었거든요. 그런데 요즘에는 세린이 이야기만 하니까……."

그렇다고 세린이 타령 좀 그만 하라고 할 수도 없는 노릇이다. 사실 지연이는 그렇게라도 재훈이를 만나는 게 좋았다.

"세린이도 재훈이를 좋아해?"

"네."

"좀 비참하긴 하다."

"……."

"근데 그게 무슨 삼각관계냐?"

"……?"

"둘은 좋아하는 거고 넌 그냥 짝사랑인 거지. 두 사람 입장에서 보면 넌 아무것도 아닌 거잖아. 삼각관계라도 해서 재훈이 옆에 있고 싶겠지만 남녀관계는 억지로 만들 수 없는 거야. 더 비참해지기 전에 둘 사이에서 빠져. 이제 둘이 알아서 하라고 그래. 네가 재훈이 엄마냐? 언제까지 재훈이를 돌봐줄 수도 없는 거잖아. 재훈이도 스스로 고민하고 자기 사랑은 알아서 해야지."

재훈이 입장에서는 이성교제의 고민을 나눌 수 있는 친구가 있어서 편하고 고마울 것이다. 복잡한 여자의 마음을 헤아리기에 둔한 남자 친구들보다 자신을 잘 아는 여자 친구가 훨씬 낫지 않겠는가.

"근데 재훈이랑은 갑자기 안 만나고 그럴 수가 없어요."

"그렇겠지. 세린이랑 사귀다 보면 자연스럽게 너는 덜 만나게 될 거야."

"하긴……."

지연이는 한숨을 쉬었다. 알면서도 어쩔 수 없는 마음이리라. 내가 지연이에게 둘 사이에서 빠지라고 한 이유는 점점 이상해지는 지연이의 태도 때문이었다. 괜한 질투, 유치한 감정 등 세린이의 이야기를 할 때 지연이는 부정적이었다.

"얼굴도 그냥 평범해요. 공부는 한 중간쯤 하나? 웃을 때 좀 귀엽긴 한데 그래도 남자애들이 좋아할 정도는 아닌데."

재훈이에게는 세린이에 대한 비밀 이야기를 해준답시고 재훈이 속을 끓일 이야기만 골라 했다. 아버지 사업이 안 좋아져서 이사를 갈지도 모른다느니, 6반에 어떤 남자애를 관심 있어 한다느니 말이다. 또 세린이에게는 재훈이에 대해 함부로 말했다. 오랫동안 알아온 친구로서 텃세를 부린다고나 할까. 재훈이는 그렇게 옷 입는 걸 싫어한다느니, 재훈이가 어릴 때는 어땠었다느니. 스스로 생각해도 그러고 있는 자신이 웃겼다. 언젠가는 세린이에게 원망 섞인 전화를 받은 적도 있었다.

"너 재훈이한테 내가 6반 부회장 좋아한다고 얘기했어?"

"어."

"그런 얘길 왜 해!"

"아니 그냥, 너에 대해서 뭐 이것저것 묻길래. 그냥 그때는 재훈이가 널 좋아하는지 몰랐었지."

재훈이가 속상하라고 일부러 말했으면서 지연이는 스스로를 속이고 세린 이를 속이고 재훈이를 속이고 있었다. 세린이는 울고 있었다.

"왜 그랬어. 재훈이가 얼마나 힘들어하는 줄 알아? 왜 쓸데없는 얘기를 해서 애를……."

야무지고 똑똑한 지연이가 사랑 앞에서는 비참함을 넘어 추해지고 있었 다. 복잡한 감정을 어떻게 처리할지 몰라 아무렇게나 뱉어대고 있는 거다.

그동안 부모의 사랑을 당연히 받아왔던 청소년들은 내가 좋아하는 사람 이 나를 좋아해주지 않을 수도 있다는 현실에 쉽게 적응하지 못한다. 힘이 들고 한숨도 쉬고 추해지기도 한다.

"재훈이가 야속하니?"

"좀 그럴 때도 있어요. 배신감 같은 것도 있고."

"너라도 그랬을 거야. 네가 재훈이 친구 중에 누구를 좋아했다면 너도 똑 같지 않았을까? 재훈이를 만날 때마다 그 친구 얘기 물어보고, 고민이 생기면 재훈이한테 얘기하고 그랬겠지."

"맞아요. 더 했을지도 몰라요."

다양한 상황에서 다양한 이성을 만나보지 못한 청소년들은 자신이 만나본 몇 안 되는 친구들 중에서 그나마 괜찮은 아이에게 푹 빠지곤 한다. 거기에 경쟁자가 생기니 좋아하는 마음이 더 커지는 듯한 착각이 들었을 뿐, 거품을 걷어보면 재훈이는 그저 '만나 본 이성 중에 가장 괜찮은 아이'에 지나지 않을 것이다.

"재훈이 말고 진지하게 대화를 나눠보거나 단 둘이 몇 번이라도 만나본 남자 친구가 있니?"

"음, 없을 걸요?"

"거봐. 재훈이도 충분히 좋은 친구지만 아는 남자애라곤 재훈이밖에 없잖아. 재훈이만 만났으니까 재훈이가 제일 좋게 느껴지는 거뿐이지. 다른 남자친구들도 좀 만나봐. 너도 보는 눈이 달라질 거야."

"(끄덕끄덕)."

하지만 안다고 해서 좋아하는 마음이 쉽게 돌아서는 건 아니다.

"재훈이가 세린이랑 헤어지길 바라니?"

"솔직히 좀 그래요."

"만약 둘이 헤어지면 재훈이한테 고백할 생각이야?"

"고백이요? 아니요! 그런 생각 안 해봤는데. 그러면 더 이상해지지 않을까요? 그냥 지금처럼 지내는 게 편하고 좋아요."

지연이는 스스로도 재훈이에 대한 감정이 사랑인지, 우정인지, 또 다른 무엇인지 알지 못한다. 인간관계의 범위가 좁은 청소년들은 종종 서로 좋아하는 관계가 엉키곤 한다. 지연이처럼 내가 좋아하는 사람이 내 친구를 좋아하는 경우도 흔하다. 그 사실을 알기 전에는 그냥 친구로 잘 지내거나 혼자 좋아하면서 아무 문제가 없었는데, 내 친구를 좋아한다는 사실을 알게 되면 갑자기 감정의 소용돌이가 일어난다. 그 감정이 무엇인지 알지도 못하면서 말이다.

내가 좋아하는 사람이 꼭 날 좋아하라는 법은 없다. 내가 그 사람을 먼저 좋아했다고 해서 우선권이 주어지는 것도 아니다. 사랑은 인격적이고 평등한 거니까. 그러니 사랑 앞에서는 늘 겸손했으면 좋겠다. 모든 사람은 저마다 다른 매력을 가졌으며 나에게 보이지 않는 장점이 다른 사람의 눈에는 보이기도 한다는 점을 인정해야 한다. 지연이는 도무지 찾을 수 없는 세린이의 장점을 재훈이는 한눈에 알아보았듯이 말이다.

지연이를 비참하게 만든 건 재훈이가 아니다. 친구의 단점을 부풀려 말하며 스스로 비참해진 거다. 지연이도 그러고 있는 자신을 보며 놀랐을 것이다. 감정의 소용돌이 속에 아직도 미성숙하게 남아 있는 내 모습을 발견하는 것 또한 성장의 과정이다. 그 친구를 칭찬할 수 없다면 차라리 입을 다물자. 내 마음을 지키고 입술을 지키는 것 또한 사랑하며 배워야 할 일이다.

내가 보기에도 재훈이와 지연이는 좋은 친구 사이다. 이 좋은 관계를 계속 유지하다 보면 어느 순간 연인이 될 수도 있지 않을까. 물론 그 사이 서로 다른 이성 친구들도 만나보고 세상 경험도 하며 내 옆에 있는 이 친구만한 사람이 없다는 확신이 들어야 하겠지만……. 한편으로는 기대를 하면서도 한편으로는 그 친구의 선택을 쿨하게 인정할 수 있는 넓은 마음도 마련해두어야 할 것이다. 오래 갈 사랑은 오랜 시간을 두고 무르익는 법이다. 그러니 서둘지 않았으면 좋겠다.

첫 생리, 첫 몽정이 그렇듯 성장의 문턱을 넘을 때는
늘 이상하고 당혹스럽다.
몸이 크는 일도 그러한데, 마음이 크는 일은 오죽할까.
이상하고 당혹스러운 사랑의 감정.
나의 유치한 모습을 발견한다 해도 놀라지 말자.
신이 우리를 사랑이라는 감정으로 뒤흔들어놓는 이유는
그렇게 찾아낸 미숙함을 하나씩 제거하여
더 멋진 사람이 되라는 뜻이다.

episode 4

킹카도 외롭다

잘생기고 성격 좋은 태경이는 인기가 조금 많은 편이라고 겸손하게 말하기는 했지만, 한눈에도 킹카라는 걸 알아볼 만큼 포스가 줄줄 흘렀다.

"인기가 조금 많은 게 아닌 거 같은데? 휴대전화 좀 줘봐. 여자애들 전화번호가 몇 개나 있나 구경 좀 해보자."

"아니에요. 여자애들 전화번호 없어요. 진짜예요."

정말로 태경이의 휴대전화는 건조했다. 태경이가 관심이 없더라도 귀찮게 하는 여자애들이 있을 법도 하건만, 오지랖 넓은 몇몇 아이들이 친한 척 말을 거는 정도여서 태경이도 적당히 대답을 하고는 넘겨버렸다.

"여자 친구는 일부러 안 만드는 거야?"

킹카 태경이에게 여자 친구가 없다는 건 친구들도 희한하게 여기는 점이었다. 여자 친구가 생기면 인기 떨어질까봐 이미지 관리하는 거냐, 항상 주변에 여자애들이 있으니 굳이 사귈 필요를 못 느끼는 거냐. 킹카로 살다 보니 눈이 높아진 거냐는 등등 별별 추측들을 다 해댔다.

"아니요. 안 생겨요."

"사귀고 싶은 마음이 있기는 한 거야?"

"그럼요."

킹카에게 여자 친구가 안 생긴다니. 킹카, 퀸카로 살아보지 않은 사람으로서 쉽게 공감할 수 없는 이야기다. 그래서 태경이는 자신의 고민을 맘놓고 털어놓을 수도 없다. 누구도 진지하게 들어주지 않기 때문이다. 킹카의 괜한 엄살이라고만 여기기 때문이다.

"하긴 그럴 만도 하지. 널 좋아하는 여자애들이야 많겠지만 당연히 여자 친구가 있을 거라 생각하고 일치감치 마음을 접을 거야. 너 같은 킹카가 자기같이 평범한 애를 좋아하지 않을 거라고 생각하기도 할 거고. 네가 먼저 고백해본 적은 없어?"

"있지요."

"어땠어?"

"제가 좋아하는 사람은 절 좋아하지 않는 거 같아요."

인기 많은 킹카. 멀리서 자신을 바라보는 여자애들은 많아도 그저 '구경'만 할 뿐 가까이 다가오는 사람은 없다고 했다. 용기 있게 고백을 해오는 여자 친구들도 있지만 그런 애들 중에는 태경이의 마음에 드는 아이가 없고, 태경이가 좋아하는 여자 친구들은 태경이의 마음을 받아주지 않는다는 거다. 킹카의 한숨은 생각보다 깊었다.

인기와 사랑은 별개다. 사랑은 나와 통하는 단 한 사람을 찾는 일이다. 사람에게 필요한 건 많은 사랑이 아니다. 인연이 닿지 않는 한 인기는 거품일 뿐. 그래서 인기가 많은 사람들은 그 거품 속에서 허탈함, 공허함을 더 많이 느끼게 된다.

그런 태경이를 더욱 힘 빠지게 하는 소식이 들려왔다. 얼마 전 태경이의 마음을 거절했던 여자 친구가 다른 친구에게 했던 말을 전해들은 거다. 그 여자 친구와는 한 달 정도 만나며 제법 괜찮은 시작을 했던 터라 태경이가 한동안 가슴앓이를 했었다.

"제가 그냥 껄떡대려고 만나는 줄 알았대요. 다른 여자애들한테도 다 그렇게 잘해주는 거 아니냐고요. 친구가 태경이는 그런 애가 아니라고 다시 만나보라고 그랬대요."

"어떻게 할 건데?"

"모르겠어요."

"야, 됐어. 잊어버려. 그렇게 둔한 여자를 왜 좋아하니? 자기를 좋아해서 잘해주는 건지, 맘에도 없으면서 그냥 잘해주는 건지는 누구나 느낄 수 있는 거야. 한 달 정도 만났으면 그 정도는 구분해야 하는 거 아니냐? 널 좋아하는 마음이 없으니까 그랬겠지. 걔도 다른 여자애들처럼 너를 구경만 한 거야. 킹카 만나는 기분 내보려고. 너랑 찍은 사진은 휴대전화에 저장해놓고 우쭐하고 싶었던 거지 뭐. 속상해할 거 하나도 없어."

자꾸 움츠러드는 태경이가 안쓰러워 일부러 요란하게 위로를 했다.

누구에게나 사랑은 어렵다. 사랑에 서툴기는 킹카도 마찬가지이다. 태경이가 지금까지 사랑에 실패했던 이유는 잘생긴 외모만 보여줬을 뿐, 진실한 마음을 보여주지 못했기 때문 아닐까. 태경이의 속을 모르는 여자 친구들은 그저 겉돌다가 떨어져 나갈 수밖에 없다. 나도 비슷한 경험이 있다.

고등학교 3년 내내 임원을 맡았던지라 학생회 활동을 하며 제법 잘나가는 친구들과 얼굴을 익히고 지냈다. 그 중에는 잘생기고 인기 많은 남자애들도 더러 있었는데, 2학년 내 생일에 상당히 멋진 남학생이 생일을 축하한다며 전화를 걸어 노래를 불러주었다. 감미로운 목소리에 예쁜 가사, 그렇게 낭만적인 생일축하는 다시 받아본 적이 없다. 특별한 생일축하였지만 감동적이라거나 그 남학생 생각에 가슴이 설레어 잠을 못 이루는 일은 없었다. 고맙다고 전화를 끊은 후 그걸로 끝이었다. 그 아이는 원래 그런 애였기 때문이다. 모든 여자 친구들에게 친절하고 자상하며 꼭 사귀는 사이가 아니더라도 생일을 챙겨주곤 했다. 그러니 진심이 느껴지지 않을 수밖에 없는 것이다.

태경이가 그런 '느끼남'은 아니지만 그래도 상대방이 진심을 느끼지 못한 것만은 공통적이다.

"주변에 여자가 많다고 사랑이 그냥 이루어지는 건 아니야. 킹카는 킹카 나름의 사랑하는 방법을 배워야지. 다음에 네가 좋아하는 여자 친구가 생기면 영화나 보러 다니지 말고 조용히 얘기하는 시간을 좀 가져봐."

"무슨 얘기를 해야 되요?"

"그냥 솔직히 네가 느끼는 얘기. 내가 연락해서 놀랐을 거다. 그래도 좋은 마음이 들어서 만나고 싶었다. 그런 얘기를 하는 거지. 언제 어떤 모습을 보고 호감을 느꼈는지도 얘기하고. 그렇게 몇 번 만나다 보면 속 깊은 얘기도 통하지 않겠어? 그런 상대방도 널 진지하게 생각할 거야. 너도 그 친구에 대해서 더 잘 알게 될 거야. 그래야 이 여자애가 나를 호기심에 떠보는 건지 좋아하는 마음이 있는 건지 알 수 있을 거야. 지금처럼 만났다가는 앞으로도 계속 킹카 구경시켜주기만 하다 끝날걸? 뭐 진심으로 얘기해도 작업이라고 끝까지 의심하는 여자애들이 있긴 하겠지만."

"그럼 어떻게 해요?"

"어떻게 하긴 아까 말했잖아. 그렇게 둔한 여자는 만나지 말라고. 넌 앞으로도 인기가 많을 거야. 어딜 가나 눈에 띄는 훤칠한 외모도 크게 변하지 않을 거고. 그렇게 의심이 많은 여자 친구가 너를 어떻게 감당하면서 사귀겠니? 너도 못 견딜걸? 너한테 어울리는 여자는 네 말을 진심으로 들어주고 너를 믿어주는 여자야. 물론 너는 사귀는 동안 말만 그렇지 않다는 걸 행동으로 보여줘야지."

태경이의 눈빛이 비로소 반짝였다.

태경이를 보며 인생의 무게는 누구에게나 비슷하다는 생각을 다시 한 번 곱씹었다. 누구나 부러워하는 킹카도 그만의 외로움과 풀어야 할 삶의 과제를 안고 살아가지 않는가. 무언가 더 가진 사람들은 그만큼의 그늘도 함께 갖고 있기 마련이다. 이후로도 한동안 태경이는 여자 친구가 없었다. 화려한 외모와 달리 운명 같은 사랑을 기다리는 순수함 때문이다. 어색한 소개팅보다 자연스러운 만남이 좋단다. 사랑이란 마음이 통해야 하는 법. 킹카, 퀸카를 좋아하며 애태우는 독자들이 있다면 꼭 기억하자. 그 사람의 멋진 외모에 가려진 진심을 먼저 보아야 한다는 것. 스스로를 초라하게 여길 필요도, 상대방을 부담스러워 할 필요도 없다는 것. 앞으로도 태경이는 누군가에게 속 시원히 사랑 고민을 털어놓을 수 없을 거다. 그래도 어쩌랴. 그때마다 자신을 들여다보고 상대방을 배려하며 다른 이들에게는 없는 사랑의 힘을 키워갈 것이라고 믿는다. 킹카의 멋진 사랑을 응원한다.

겉모습만 보고 사람을 판단하는 잘못으로
손해를 보는 이들은 못생긴 사람만이 아니다.
월등한 외모를 가진 사람들도 손해를 본다.
멋진 겉모습에 가려지는 그 사람의 진심.
사랑은 진짜 나를 알아주는 그 사람을 찾는 보물찾기이다.
아무도 자신을 좋아하지 않는다고 슬퍼하지 말고
거품 같은 인기라고 한탄하지 말자.
누구에게나 제 짝은 있는 법이다.

episode 5

사랑하니까 헤어진다고?

특별히 예쁜 것도 아니고 다른 반 남학생들과 친할 만큼 발이 넓은 것도 아니고 학생회나 동아리활동을 활발하게 하는 것도 아닌 정연이에게 남자 친구가 있다는 사실은 반 친구들 모두를 놀라게 했다. 친구들은 '얌전한 고양이 부뚜막에 먼저 올라간다★'라는 속담을 인용해 정연이의 별명을 '얌전한 고양이'라고 붙였다.

정연이의 남자 친구 또한 눈에 띌 만한 특징이 하나도 없었다. 외모는 평범하다 못해 아저씨 같았고 성적은 중상위권, 착하고 성실한 모범생이었다.

평범한 두 사람이 만난 건 겨울방학 때 갔던 교회 수련회에서였다. 서로

★ **얌전한 고양이[강아지/개](가) 부뚜막에 먼저 올라간다** 겉으로는 얌전하고 아무것도 못할 것처럼 보이는 사람이 딴 짓을 하거나 자기 실속을 다 차리는 경우를 비유적으로 이르는 말.

다른 교회에 다녔지만 전국 각 지역의 교회가 모이는 연합 수련회였던 터라 무작위로 섞이는 조 편성에서 같은 조가 된 거다. 같은 동네 사람을 만난 것도 반가운데 같은 학교였으니 얼마나 신기했을까. 수련회 기간 동안 친해진 두 사람은 우연을 인연으로 발전시켰다.

정연이의 남자 친구는 모든 친구들의 부러움을 살 만큼 자상했다. 교실 앞으로 간식 봉투를 들고 오기도 했고(봉투 안에는 어김없이 깨알 같은 글씨로 적은 쪽지가 들어 있었다), 스타킹에 구멍이 나서 곤란해하는 정연이에게 스타킹을 사다 주기도 했다.

"야, 우리 엄마도 안 사다주는 스타킹인데, 넌 좋겠다. 그런 남친이 어디 있냐. 다른 남자애들은 스타킹이 어디서 파는지도 모를걸?"

그렇게 지내길 1년. 지극한 매너로 정연이를 아끼던 남자 친구가 이별 통보 비슷한 걸 해왔다.

"이제 고3이고, 학교 졸업하면 바로 군대에 갈 거래요. 형이 대학을 다니고 있어서 두 사람 등록금 내기는 어렵다고요. 군대 갔다 오면 형은 졸업하니까 그때 대학 갈 거래요. 고3이 되면 서로 바쁘겠죠. 그러다 군대 가면 기다리라고 하는 것도 미안하잖아요. 저는 막 대학 가서 한참 놀 텐데……."

그 사연을 들은 친구들은 다시 한 번 감탄했다.

"어쩜 속도 깊다. 대학에 가서 기분 내고 싶은 마음 왜 없겠어. 부모님 생각, 형 생각 하는 거지. 끝까지 널 생각하는구나. 역시 멋지다. 걔가 적당히 못생긴 게 정말 다행이야. 잘생기기까지 했어봐. 널 만날 수나 있었겠니? 벌써 다른 여자 친구가 있겠지. 기다린다고 해. 그런 남친이 어디 있니?"

정연이는 쉽게 결론을 내리지 못했다. 헤어지자니 아쉽고, 계속 만나자니 남자 친구가 부담스러워할 것 같았다.

"더 정들기 전에 끝내는 게 좋지 낫지 않을까요? 나중에는 지금보다 더 힘들 거 아녜요."

두 사람의 고민은 나름 진지했지만 솔직한 내 심정은 '아주 영화를 찍으세요'였다.

"나중에 상처 받을까봐 헤어지겠다고? 그게 그렇게 단순하게 되니? 멋있긴 또 뭐가 멋있어. 이기적인 거 아니야? 아니, 널 좋아하기는 하는 거니? 고3이 되고 군대 가면 지금처럼 잘해줄 수는 없겠지. 그건 당연히 서로 이해해야 할 일이야. 미안하니까 헤어지자는 건 말이 안 돼. 아니, 앞으로 미안하게 될 거니까 헤어지자는 거잖아. 넌 헤어질 수 있어? 걔는 그렇게 할 수 있대? 머리로만 헤어져 놓고 마음은 그렇지가 않을 텐데?"

"……."

정연이의 남자 친구처럼 배려가 몸에 배인 사람들은 상대방에게 조금이라도 불편을 주지 않으려 한다. 상대방을 위하는 마음도 있지만 한편으로는 그렇게 해야 자기 마음이 편하기 때문이다. 남에게 절대 피해를 주지 않으려는 깔끔함이 남녀관계에서도 드러난 거다. 요즘 아이들 같지 않게 철든 마음 씀씀이가 기특하긴 하지만 사랑 앞에서는 본능에 충실할 필요도 있다.

"남자 친구가 혼자 너무 많은 걸 생각한 거 같다. 지금 계획대로라면 그럴 수는 있겠지만 사람 좋아하는 마음이 계획대로 정리정돈 되는 건 아니잖아? 아직 1년도 더 남았는데 사람 일이란 게 예정한 대로 되는 것도 아니고. 그러다 군대 안 가면 어쩔 건데? 형이 휴학을 할 수도 있고 장학금을 탈 수도 있는 거 아냐? 그 사이에 집안 사정이 좋아질 수도 있잖아."

지금의 남편과 연애를 할 때 우리 부모님의 반대가 심했다. 집안에서 큰소리 나는 게 싫어 다시는 안 만난다는 억지 대답을 해놓고 몰래 만나기를 수차례. 부모님의 어떤 분노 앞에서도 끄떡하지 않았던 나였지만 딱 하나 나를 흔들었던 설득이 있었다.

"이렇게 버틴다고 둘이 결혼할 수 있을 것 같니? 그냥 서로 상처만 입고 시간만 흐르는 거야. 너는 그렇다 치고 그 사람은 무슨 죄야. 벌써 몇 년이 지났잖아. 나이도 있는데 네가 빨리 놓아줘야 그 사람도 다른 짝을 찾아보지 않겠어? 그 사람은 너랑 결혼하기만을 기다리고 있다가 안 되면 그게 무슨 못할 짓이니?"

나 때문에 상대방이 힘들어질 수도 있다는 생각이 들자 처음으로 남자 친구에게 이별에 대한 이야기를 꺼냈다. 크게 실망할 거라는 예상과 달리 남자 친구는 차분했다. 그리고 그 대답은 더 이상 흔들리지 않는 사랑을 다짐하게 했으며, 결국 우리는 결혼을 했다.

"그래서 헤어지자는 건 말이 안 돼. 결혼은 할 수도 있고 안 할 수도 있는 거야. 남들처럼 결혼 적령기에 할 수도 있는 거고, 50살이 되어서 할 수도 있는 거고, 사정이 안 되면 안 할 수도 있는 거야. 내가 싫어졌다면 헤어져야지. 그럼 지금이라도 헤어질 수 있어. 그런데 결혼을 못할 수도 있으니 헤어지자니 그게 뭐야. 중요한 건 우리 둘의 마음이 어떠냐는 거야. 서로 사랑하는 마음이면 사랑하는 거고, 아니면 그만 두는 거지. 결혼은 어떤 기준도 될 수 없어."

이 명료한 대답이 정연이에게도 도움이 될 것 같았다.

"혹시 너랑 헤어지고 싶은데 적당한 이유가 없어서 형 핑계, 군대 핑계 대는 건 아닐까?"

"그건 아니에요."

"그래. 평소 행동으로 봐서도 그런 거짓말은 안 할 거 같다. 남자 친구도 복잡할 거야. 고3을 앞두고 편한 사람이 누가 있겠니. 공부, 대학, 군대, 가족들 다 중요하지만 너랑 헤어진다고 상황이 달라지는 건 아니야. 네가 싫어졌다면 헤어져야지. 자주 못 볼 테니까 헤어진다거나 더 좋은 사람 만날 기회를 뺏는 거 같아 헤어진다는 건 말이 안 돼. 지금 서로 좋아하는 마음이면 그냥 서로 좋아하면서 지내. 자주 못 만나면 어떠니. 지금처럼 간식 챙겨주고 스타킹 사주는 건 못하겠지만 아쉬워하고 그리워하면서 사랑하는 거지. 사랑하는 방법은 다양하니까."

읽고 계산하고 정답을 골라내는 일상을 사는 청소년들에게 가슴의 뜨거움을 먼저 요구하는 사랑이란 참 뜬금없는 과제다. 기고 걷고 뛰는 걸 배웠던 어린 시절처럼 이 또한 성장하며 배워야 할 과정이다.

설레는 마음으로 시작한 십대들의 사랑은 공부와 부모님의 반대, 입시,

군대, 대학 진학 등의 굴곡을 거친다. 그때마다 이성과 감정은 부딪힐 거다. 똑똑한 이성의 판단에 따라 이별을 고민하기도 하고, 기다리고 견디면서 내 진심이 무엇인지 스스로에게 묻기도 할 거다. 그렇게 사랑은 무르익어 가는 것이다.

정연이는 고3 시절 내내 남자 친구와 잘 지냈다. 열심히 공부해 둘 다 원하던 학교에 진학했고, 학교 규정상 입학 후 바로 휴학이 되지 않아서 남자 친구는 한 학기 동안의 대학생활을 만끽하다 군 입대를 했다. 앞으로도 멋지게 사랑의 장애물들을 헤쳐나가기를 바란다. 사람 일이라는 게 어디 생각대로 되는 일이든가. 그렇지 않아 더 재미있는 게 인생이다. 더구나 사랑 앞에서는 말이다.

사랑은 무조건 잘해주는 것이 아니다.
함께 하는 것이다.
서로를 믿는 것이며
도망치지 않는 것이다.

연애 상담실 1

바보 같은 짝사랑 어떻게 하면 좋을까요?

Qustion:

학교에서 영어신문 읽기 동아리활동을 하고 있습니다. 전통도 길고 인기
가 많은 동아리여서 전교에서 잘나간다는 애들은 다 모여 있어요. 신입생 환
영 모임을 가지면서 선배들과도 친해지게 되었습니다. 그 중 한 선배가 저를
포함한 여자 후배들을 아주 잘 챙깁니다. 잘생기고 운동도 잘해서 인기가 많
아요. 당연히 모든 여학생들이 그 선배에게 호감을 가지고 있습니다. 그런데
얼마 전부터는 제가 있는 독서실 앞으로 찾아와 간식도 사주고 같이 산책도
하곤 합니다. 나한테만 그러는 게 아니겠지라는 생각은 하지만, 막상 거절할
수가 없습니다. 매너 있는 모습이 멋있기도 하고요. 친구들한테 털어놓으니
아주 푹 빠졌다고 정신 차리라고만 합니다. 하루 종일 그 선배 생각만 가득
합니다. 그 선배가 절 여자로 생각하고 있는 걸까요? 바보 같은 짝사랑에 멍
하기만 합니다.

"짝사랑에서 조심해야 할 것은 자신의 상황을 슬프고 처절하게 확대 해석하는 것입니다.
이성으로 인한 혼란, 잡념을 모두 사랑이라고 할 수는 없습니다.
그러니 스스로도 헷갈리지 말아야 해요."

answer:

　이성에 대한 관심은 내가 택해야 할 짝꿍을 탐색하는 연습입니다. 꼭 또래에 한정되지도 않으며, 반드시 사귈 것을 목표로 하지 않아도 됩니다. 연예인이나 선생님을 좋아하는 것도 실현 가능성과 무관하게 가장 완벽한 이상형을 추구하기 때문입니다. 그래서 십대들의 사랑은 짝사랑이 많아요. 혼자 마음에 드는 상대를 정해두고 두근거리며 지켜보는 것이죠.

　짝사랑도 얼마나 아름다운가요. 운동장 저 끝에서 내가 좋아하는 그 친구가 나타나면 한번에 알아볼 수 있고, 버스 정류장에서 어제 봤던 그 아이와 다시 마주치기를 기다리며 등교시간을 맞추기도 합니다. 이렇게 누군가를 좋아하는 설렘이라면 문제될 게 없어요. 오히려 좋은 추억이 되고 일상의 에너지원이 됩니다.

　대부분의 청소년들이 이렇게 큰 탈 없는 짝사랑을 경험하지만 간혹은 온통 정신이 팔려 가슴앓이를 하는 경우도 있습니다. 내가 좋아하는 그 아이가 다른 친구(특히 내 절친)를 좋아한다거나, 이 사례의 선배처럼 괜히 나에게 친절을 베풀며 잘해주는 등 마음을 뒤흔드는 경우에는 잔잔함을 유지할 수가 없지요. 이때에는 정말 바보 같은 짝사랑이 됩니다. 나만 힘들고 내 시간만 축나고 내 성적만 떨어지는 사랑이지요.

왜 나한테 잘해줬느냐고 절규하는 노래 가사와 드라마 대사가 얼마나 많나요. 누구에게나 일어날 수 있는 고민입니다. 짝사랑의 함정은 그 사람의 사소한 표정의 변화나 작은 행동, 말투까지 마음에 담고 확대 해석해버린다는 데에 있어요.

감정은 마음대로 조절할 수 있는 게 아닙니다. 이성에 대한 감정은 특히 더 그래요. 분노나 실망감 같은 감정은 어릴 때부터 자주 경험해보았지만 '사랑'은 그렇지 않으니까요. 누구나 흠모하는 학교 킹카가 나에게 다가온다니. 이게 무슨 상황인지 어떻게 느껴야 할지 서툴 수밖에요. 이유야 어쨌든 설레는 일입니다. 꼭 나를 좋아하지 않더라도 킹카와 함께 한다는 것 자체가 흥미진진하니까요. 마음 속 깊은 곳에는 킹카와의 '썸씽'을 즐기는 묘한 만족감도 있을 겁니다.

킹카들에게는 참 이상한 특징이 있습니다. 거부할 수 없는 미소와 매너. 이 오묘한 친절이 얼마나 많은 가슴앓이를 만들어내는지요. 동아리 선배가 고민을 상담한 학생에게 어떤 마음을 품고 있는지는 알 수 없습니다. 그 선배도 헷갈리고 있을지 모르지요. 선배라고 해봤자 열여덟, 사랑에 서툰 청춘이니까요.

외로이 공부하는 독서실에 누군가 간식을 들고 찾아온다면 만날 싸우는 남동생이라 해도 반갑고 좋을 거예요. 하물며 인기 많은 훈남이니 이 무슨 감사한 일인가요. 억지로 감정을 떼어내려고 하지 마세요. 잘 생기고 매너 좋은, 그래서 거부할 수 없는, 특별히 거부할 이유도 없는 사람이라면 그냥 좋은 사람으로 알고 지내면 되지요.

그러다 정들면 어떻게 하냐고요? 만나볼수록 좋은 사람이라면 사귀어볼 만한 거죠. 반대로 만나볼수록 킹카의 환상이 깨지고 감정이 식어버릴 수도 있어요.

짝사랑에서 조심해야 할 것은 자신의 상황을 슬프고 처절하게 확대 해석 하는 것입니다. 왜 하루 종일 그 선배 생각에 시달릴까요. 아마 대부분은 본 질에서 벗어난 잡념일 것입니다.

'왜 나에게 잘해주는 거지?'

'날 가지고 노는 건가?'

'다른 애들한테도 잘해주겠지?'

'그런데 내가 왜 이러고 있지?'

그 선배를 좋아하는 마음이라기보다 그 선배가 던져준 파장에 대한 혼란 스러움입니다. 스스로 만들어낸 우울감, 열등의식, 질투일 수도 있어요. 이 성으로 인한 혼란, 잡념을 모두 사랑이라고 할 수는 없습니다. 그러니 스스 로도 헷갈리지 말아야 해요.

지금 짝사랑 중인 독자가 있다면 책을 잠시 덮고 생각해보세요. 내 마음 은 지금 어떤 상태인가요. 단지 멋진 사람을 만나는 설렘이라면 그저 즐겼으 면 좋겠어요. 이제 피어나는 이성에 대한 호기심을 당장 결혼할 것처럼 고민

할 필요는 없으니까요. 친구들이 무슨 사이냐고 물어오면 "나도 궁금해. 요즘 자주 찾아오네. 날 좋아하나? 하하, 이놈의 인기~" 넉살 좋게 넘겨버리면 그만이지요. 만날 기회가 생기거든 억지스럽게 피하지 말고 편하게 만나세요. 홀딱 반한 마음은 차분히 가라앉히고 그 '사람'을 만나는 거예요.

모든 사랑은 짝사랑으로부터 시작합니다. 서글픈 것도 아니며 나만 바보 같은 것도 아니에요. 다만 조심하세요. 혹시 스트레스나 애정결핍 같은 마음의 병이 짝사랑을 핑계로 쏟아져나올 수 있으니까요. 온종일 아무것도 할 수가 없더라도, 주체할 수 없을 만큼 힘이 들더라도 내 마음부터 추스르세요. 왜곡된 감정은 건강한 사랑으로 발전할 수 없습니다.

모든 사랑은 짝사랑에서 시작합니다.
누군가를 좋아하는 가슴 설렘은 좋은 추억이 되고
일상의 에너지원이 됩니다.
건강한 사랑으로 발전시킬 수 있도록
내 마음을 잘 추스리세요.

내가 좋아하는 사람이
나를 좋아해주는 건
기적이래.

-쌩 텍쥐페리 『어린왕자』 중에서

Part two 영화 같은 사랑

episode 6
기억상실증

영화나 드라마에는 심심치 않게 기억상실증에 걸린 주인공이 등장한다. 사고를 당해 그토록 사랑하던 사람을 알아보지 못하는 슬픔, 그 기억을 되살리려는 사랑하는 이의 눈물겨운 노력, 실화를 바탕으로 하는 작품들도 있다고는 하지만, 실제로 이런 일을 겪는다면 어떨까.

중학교 2학년인 성준이의 키는 182cm로 선생님을 포함해 전교에서 가장 크다. 긴 다리로 성큼성큼 뛰는 성준이의 100m 달리기 기록은 11초대다. 누가 잡아 뽑기라도 하는 듯 쑥쑥 자라는 팔다리는 새학년 들어 세 번째 맞추는 교복을 짤따랗게 만들었다. 큰 키가 휘청거려 보이지 않을 만큼 체격도 좋아서 앞줄의 작은 아이들은 성준이에게 매달리며 장난을 쳤다.

키다리 성준이의 매력 포인트는 웃으면 감겨서 보이지 않는 눈이다. 웃고 있는 성준이를 보고 있으면 저도 모르게 미소가 번진다. 그래서 보영이는 그 커다란 녀석을 귀엽다며 좋아한다. 성격 좋은 성준이는 보영이뿐만 아니라 모든 여자아이들과 잘 지냈다. 어떤 운동이든 키 크고 팔다리 긴 성준이만 있으면 만사 오케이였기 때문에, 체육시간마다 성준이와 같은 편이 되기 위해 가위바위보 경쟁이 벌어졌다.

그해 여름은 유난히 뜨거워서 예비 전력이 바닥났다는 긴급한 뉴스가 끊이지 않았다. 무서울 만큼 더웠던 여름방학이 지나고 개학식이었다.

"어? 왜 성준이가 안 오지?"

"전학 갔나?"

"그런 말 없었는데."

"전화해봐. 오늘 개학인 거 모르는 거 아냐?"

"전화기 꺼져 있어. 어제도 안 받던데."

"왜 그러지? 무슨 일 있나?"

아이들의 궁금함을 안다는 듯 교실로 들어오신 선생님은 개학식 때마다 들을 수 있는 판에 박힌 서론을 생략하고 성준이 이야기부터 꺼내셨다.

"성준이가 교통사고를 당했다. ○○병원에 입원해 있는데, 상태가 아주 안 좋대. 지금 중환자실에 있어서 면회도 어려운 상태다. 자세한 건 선생님도 잘 몰라. 성준이 어머니하고 전화통화만 했는데 너무 충격이 크셔서 많은 말씀을 못 하신다. 좀 기다려보자."

반 아이들은 모두 멍해졌다. 선생님이 나가자 아이들은 두런거렸다.

"얼마나 큰 사고가 났길래 중환자실에 갈 정도야?"

"성준이는 키가 크니까 멀리서도 잘 보일 텐데, 분명 운전자가 졸음운전을 했을 거야."

며칠 후 선생님으로부터 전해들은 성준이의 사고 경위는 이랬다.

개학 이틀 전, 자전거를 타고 학원에 가는 길이었다. 내 몸의 일부인 양 자전거를 자유자재로 잘 타는 성준이는 어딜 가나 자전거를 타고 다녔다. 웬만한 학원버스, 마을버스보다 빨랐기 때문이다. 학원을 가기 위해 꼭 지나야 하는 사거리. 횡단보도에 육교를 거쳐 길을 두 번이나 건너야 해서 여간 귀찮은 게 아니었다. 더구나 육교는 자전거를 들고 계단을 올라야 해서 성준이는 엄마의 잔소리를 무시하고 종종 무단횡단을 하곤 했다.

멀리서 사거리를 내다보니 도로가 한적했고, 차가 다니지 않는 사거리를 보고 성준이는 반쯤 일어선 자세로 휙휙 페달을 밟으며 속도를 냈다. 대각선으로 사거리를 가로지를 작정이었다. 성준이가 빠른 속도로 사거리 중간쯤 지날 때, 한쪽에서는 신호를 놓치지 않고 지나가려는 버스가 속도를 내며 달려오고 있었다. 둘 다 브레이크를 걸 틈도 없이 충돌 사고가 났다.

성준이는 버스 밑에 끼어 한참을 끌려갔고 반쯤 나간 정신으로 병원에 달려온 부모님에게 의사선생님이 제일 먼저 한 말은 '장례를 준비하세요'였다. 머리를 크게 다쳤고 이미 많은 출혈이 있었기 때문이다. 차도를 무단횡단하다, 그것도 자전거를 탄 상태에서 충돌한 사고여서 보상을 받을 여지도 거의 없다고 했다.

성준이의 면회가 가능해진 후에도 선생님은 아이들에게 병원에 가지 않는 게 좋겠다며 조심을 시켰다. 친구들을 보며 부모님이 더 슬퍼하실 거라는 이유에서다. 성준이 생각에 남자아이들은 축구도 농구도 하지 않았다. 자전거는 더더욱 타지 않았다.

보영이도 궁금하고 답답한 기간을 그냥 기다려야 했다. 성준이는 뜨거운 여름을 어떻게 견뎠을까. 보영이가 성준이를 보러 가게 된 건 더위가 조금씩 수그러들 무렵이었다.

면회시간에 맞추어 친구들과 병실로 들어선 순간, 창밖을 바라보고 누워 있는 성준이를 본 친구들은 모두 말문이 막혔다. 인사도 한 마디 제대로 못하고 내내 울다가 면회시간이 끝났다.

"드라마처럼 그냥 머리에 붕대 감고 잠들어 있을 줄 알았거든요. 근데 이거는 얼굴을 못 알아 볼 정도로 말랐어요. 뭘 먹지를 못했을 거 아니에요. 아프리카 난민처럼 살이 하나도 없고요. 온몸이 사고 났을 때의 그 상처로……. 성준이가 되게 아끼던 시계가 있거든요. 가죽끈 말고 은색으로 알루미늄으로 된 거 있잖아요. 그 시계 찬 팔이 그대로 깔려서 손목에 시계 자국대로 상처가 났더라고요. 말도 못하고 부모님 말고는 아무도 못 알아봐요. 왼쪽인가 오른쪽인가 다 마비돼서 못 움직이고요. 눈동자도 한쪽만 움직이는데 초점이 잘 안 맞아요."

보영이가 본 성준이는 사람이라고 할 수 없을 지경이었다. 어느 정도여야 슬프기도 하고 위로도 할 텐데 성준이의 상황은 모든 걸 넘어선 상태였다.

그렇게 건강하던 성준이가, 그렇게 활발하던 성준이가 저렇게 누워 있다니 믿어지지가 않았다.

"방학식날 성준이가 자전거를 타고 학교 운동장에서 놀고 있었거든요. 애들이 자전거에 여러 명 같이 타는 거 본 적 있으시죠? 뒤에 앉기도 하고 서기도 하고."

"응, 동네 애들 타는 거 본 적 있어."

"저는 겁이 많아서 그런 거 잘 못하는데 애들은 진짜 잘 타요. 그런데 성준이가 저도 타보라고 그러는 거예요. 나 무서워서 못 탄다고 그랬는데. 애들 다 내리고 혼자만 타보래요, 태워준다고. 나 무거워서 안 된다고 안 탔어요."

보영이의 목소리가 떨렸다.

"그냥 한번 탈 걸 그랬어요. 그게 마지막이었는데."

보영이와 친구들은 이따금씩 성준이를 보러 갔다. 조금씩 나아지는 모습도 보였다. 기계에만 의존하던 호흡도 혼자 할 수 있게 되었고 하품과 재채기도 하며 한쪽 얼굴뿐이지만 미소도 보여주었다. 절친이었던 홍일이는 안다며 손을 들어 보이기도 했다. 성준이 엄마가 "성준아, 보영이 왔어. 보영이 생각 안 나? 너 보영이 좋아했었잖아"라고 말씀하셨지만, 고개를 저을 뿐이었다. 보영이는 그날 성준이가 자기를 좋아했었다는 걸 처음 알았다. 모든 친구들에게 친절했던 성준이는 보영이에게 특별히 다르게 행동하지 않았기 때문이다. 그러면서도 속으로는 보영이가 좋았던 모양이다. 엄마에게 이야기를 할 만큼.

반 아이들은 모두 성준이가 휠체어를 타고서라도 학교에 나오기를 바랐다. 하지만 성준이는 학년 말이 될 때까지 병원을 벗어나지 못했다. 친구들은 중3이 되었고 성준이는 치료를 위해 미국으로 간다고 했다. 미국에 계신 할아버지가 손자를 위해 백방으로 애를 쓰셨다고 했다.

학년이 바뀌고 고등학교 진학을 위해 분주해지면서 성준이는 점점 잊혀져가고 있었다. 그렇게 1년이 지나고 보영이가 성준이를 다시 본 건 고1 봄, 학원에 다녀오던 마을버스 안에서였다. 성준이도 어디서 공부를 하고 오는지 가방을 메고 있었다. 예전 같으면 휑 자전거를 타고 지나갔을 길을 얌전하게 마을버스에 올라 타 있었다. 성준이가 걸을 수 있다니, 혼자 버스를 탈 수 있다니, 보영이는 감격스러웠다. 하지만 왼쪽 손목에는 시계 찼던 자리의 흉터가 그대로 남아 있었다.

'날 알아볼까?'

보영이는 선뜻 인사를 할 수가 없었다. 보영이와 같은 정류장에서 내리는 걸 보니 예전에 살던 집에 그대로 사는 모양이었다. 완전히 회복되지는 않은 듯 마비가 되었던 쪽의 팔과 다리는 여전히 부자연스러웠다.

그리고 얼마 후 보영이는 아빠와 빵을 사러 동네 빵집에 갔다가 성준이와 성준이 엄마를 만났다.

"아빠, 쟤가 성준이야."

성준이의 사고 소식은 성준이 또래 자녀를 둔 부모라면 모두 알고 있는 이야기였다. 성준이 이야기를 할 때마다 내 자식 일처럼 안타까워하셨다. 아빠는 성준이에게 인사를 하고 성준이 엄마와 이런저런 이야기를 나누었다.

"지금 중학교 3학년이란다. 다니던 중학교 다시 다니고 있대. 그동안은 휴학했었고. 친구들보다 1년 늦은 거지? 그래도 그게 어디냐. 정말 잘됐다. 성준이 부모님도 참 고생이다."

그후로 성준이를 다시 볼 수는 없었다. 그 동네에 산다면 가끔이라도 마주쳤을 텐데 다른 곳으로 이사를 간 걸까. 중학교를 마치고 다시 미국으로 갔는지도 모른다.

머리를 다쳤었는데 공부는 어떻게 하고 있는지, 옛날 친구들은 기억이 나는지, 앞으로는 어떻게 살아가게 될지 성준이에게 묻고 싶은 게 많았지만 그저 성준이가 건강하기를, 예전처럼 회복되기를 기도하는 수밖에 없었다.

"선생님, 인생이 참 허무하죠?"

보영이가 노인네 같은 말을 한다.

"성준이 보면 그렇잖아요. 진짜 1초도 안 되는 순간이었을 텐데."

"그래. 인생은 다 허무해. 성준이는 좀 특별한 일을 겪었을 뿐이고. 누구나 한순간을 살다 가는 거야."

보영이는 성준이를 통해 많은 것을 배웠을 거다. 팔다리를 내 마음대로 움직일 수 있다는 감사함에서부터 바람 같은 인생의 허무함까지 말이다.

TV에서 남자 친구가 자전거 뒷자리에 여자 친구를 태우고 꽃길을 달리는 장면이 나오면, 공원에서 함께 자전거를 타는 연인들을 보면 보영이는 성준이 생각이 난다.

"성준아! 건강하게 잘 지내고 있지?"

너를 태우고 자전거 페달을 밟는다.
바람결에 실려 온 것은
길가의 꽃 내음인지 너의 향기인지
귓가에 전해지는 행복은 너의 웃음소리인지, 나의 웃음소리인지
파란 하늘, 맑은 바람, 예쁜 꽃, 너의 향기,
우리의 웃음, 이대로 시간이 멈춘다면 얼마나 좋을까?
깨지 않는 꿈이라면 얼마나 좋을까?

내 사랑 선생님 1

매일 학교에 가며 성장기의 대부분을 학교에서 보내는 청소년들은 학교, 선생님, 친구들의 영향을 많이 받는다. 특히 선생님은 가정을 벗어나 가장 밀접하게 관찰할 수 있는 어른이라는 점에서 가르치는 내용과 상관없이 의미가 크다. 유치원 아이들은 선생님의 걸음걸이, 밥 먹는 모습을 흉내 내고 초등학생이 되면 '나도 저 선생님처럼 될 거야'라고 꿈을 품으며 조금 더 커서는 선생님의 성격, 일 처리하는 방법을 배운다. 선생님의 외모, 옷차림, 사고방식, 성품을 좋아하기도 하며 때로는 홀랑 사랑에 빠지기도 한다.

주영이가 신석현 선생님을 처음 본 것은 고등학교 입학 전 배치고사를 보러가서였다. 집에 들를 겨를도 없었는지 교복차림으로 뛰어오며 요란을 떨었다.

"선생님, 선생님~. 저 오늘 배치고사 보러 갔다가요 완전 멋있는 선생님

봤어요."

배치고사를 어떻게 봤는지는 이미 관심 밖인 듯했다.

"배치고사는 잘 봤어?"

"선생님 지금 배치고사가 문제가 아니에요."

주영이는 찬물 끼얹지 말라는 듯 발까지 동동 굴렀다.

"어떤 선생님을 봤길래 그래? 연예인 누굴 닮았어?"

"아니요. 얼굴뿐이 아니에요. 전체가 다 멋있어요. 키도 크고요 약간 덩치도 있고 근육이 적당히 있는 몸매 있잖아요. 반듯한 자세에 머릿결도 예술이에요. 제가 답안지 바꾸러 앞에 갔었거든요. 그런데 스킨 냄새가 나는 거예요! 이건 우리 아빠가 쓰는 아저씨 스킨하고는 차원이 다른 냄새였어요. 뭐지? 꼭 알아내야겠어요."

주영이는 그 선생님을 재현이라도 할 듯 손짓 발짓을 해대며 설명했다.

"그 덩치에 목소리는 얼마나 부드러운데요. 약간 경상도 사투리 억양이 섞여 있어요. 사투리가 없었으면 느끼했을 텐데."

시험을 보고 온 건지 선생님을 보고 온 건지 주영이는 그 짧은 시간 동안 선생님의 모든 걸 파악한 듯했다.

"이름도 알아요. 시험감독관 이름이 써 있는 데서 봤어요. 신석현 선생님이에요. 어쩜 이름도 멋있어요."

선생님을 향한 무한 긍정에 빠진 주영이는 하루빨리 학교에 가게 되기를 기다렸다. 신석현 선생님이 담임선생님이 되기를 간절히 바라며.

"혹시 모르잖아요. 배치고사니까 1학년 맡을 선생님들이 시험감독 하러 오지 않았을까요?"

"뭐 그럴 수도 있겠네."

입학식을 마치고 돌아온 주영이는 약간 힘이 빠졌다.

"그 선생님 봤어?"

"네."

"담임샘은 아니지?"

"네. 입학식 내내 둘러봤는데 안 보이시는 거예요. 나중에 담임선생님들 소개할 때 보니까 3학년 담임이더라고요."

"3학년 담임이면 3학년 수업에만 들어가시겠네?"

"그러니까요."

"선생님 담당 과목이 뭔지 알아?"

"몰라요."

"예체능 과목이면 다른 학년이랑 겹칠 수도 있는데 보통은 담임을 맡은 학년 수업일 거야."

"체육이면 좋겠다. 완전 근육맨이던데."

주영이는 수업시간에라도 그 선생님을 볼 수 있으면 좋겠다는 희망을 가지고 고등학교 생활을 시작했다. 일주일 후 과목별 선생님이 들어오실 때마다 희망을 걸어보았지만 신석현 선생님은 보이지 않았다.

"교무실도 학년별로 되어 있어서 선생님을 보려면 3학년 교무실로 가야 해요."

멋진 선생님을 자주 볼 수 없었지만 주영이는 굴하지 않았다. 학교를 다
니면서 신석현 선생님에 대한 이런 저런 정보들을 알아냈다.

"선생님, 신석현 선생님 과목이 뭔지 아세요?"

"글쎄?"

"수학이래요. 완전 멋지죠. 근육질에 수학이라니. 그리고 2, 3학년 이과반
수학만 하신대요."

선생님을 향한 주영이의 사랑은 계속 되었다. 선생님의 차는 무엇이며 한
손으로 운전하는 모습이 얼마나 터프한지, 2학년 교실에서 수업하는 걸 봤
는데 필기할 때 팔뚝 근육이 얼마나 멋있는지, 칠판 글씨는 또 얼마나 깔끔
하게 쓰시는지, 사는 곳은 어디며, 딸이 둘이라는 것 등. 주영이는 선생님에
대해 알아가며 행복해했다.

"넌 그 선생님 때문에라도 이과 가야겠다?"

"아, 그럴 수는 없어요. 수학은 진짜……."

왜 신석현 선생님은 이과반 수업만 하는 걸까. 문과를 택한 주영이는 가
슴을 쳤다. 3년 내내 신석현 선생님의 수업은 한 번도 듣지 못할 터였다.

2학년 첫 등교를 하던 개학식, 학교만 가면 매의 눈빛으로 신석현 선생님
을 찾던 주영이의 눈에 아리송한 장면이 눈에 들어왔다. 신석현 선생님이 어
떤 여자분과 즐겁게 이야기를 나누는 모습이었다.

'누구지? 처음 보는 사람인데, 새로 오신 선생님인가? 학부모랑 저렇게

친할 리가 없잖아. 사모님인가?

궁금증은 그 다음날 풀렸다. 신석현 선생님과 매우 친해 보이던 그 여자분이 주영이네 교실로 들어오신 거다. 새로 오신 영어선생님이었다. 수업 첫날이 늘 그렇듯 선생님 소개와 대략의 수업 계획 설명이 끝나자 어수선한 자습시간이 이어졌다. 주영이는 선생님이 가까이 지나가실 때를 놓치지 않고 물었다.

"선생님, 신석현 선생님이랑 친하세요?"

"그럼, 잘 알지. 넌 그 선생님을 어떻게 아니? 너네 반에 들어오시지도 않을 텐데."

주변에서 키득거리던 친구들이 거들어줬다.

"주영이가 신석현 선생님 좋아한대요. ㅋㅋ."

"그으래?"

영어선생님은 흥미롭다는 듯 주영이 얼굴을 다시 한 번 봤다. 그리고는 신석현 선생님과 어떻게 친한 사인지 이야기를 해주셨다.

"대학교를 같이 다녔어. 신 선생님이 나보다 한 학년 선배야. 전공은 달랐는데 사범대 안에 운동하는 동아리가 있었거든. 선생님 지금도 체격 좋으시잖아. 그때는 더 좋았었어. 나이 드니까 살이 좀 찌셨네. 학교 때는 구릿빛 피부에 얼마나 멋있었는지 인기가 정말 많았어. 사모님은 얼마나 미인인줄 아니? 그때 CC였는데 둘이 다니는 걸 보면 CF 같았다니까. 동아리에서 같이 같이 테니스도 치고 등산도 하고 추억이 많아. 졸업하고 나서는 거의 못 만났는데 여기 발령받아서 와 보니까 신 선생님이 계신 거야. 얼마나 반 갑든지."

다음 영어시간에 선생님이 빙글빙글 웃으며 주영이 곁으로 왔다.

"주영아, 내가 얘기했어."

"뭘요?"

"네가 신 선생님 좋아하는 거."

"네?! 누구한테요?"

"누구긴, 신 선생님한테 했지. 2학년 3반에 윤주영이라는 학생이 선생님 을 좋아한다고, 그놈의 인기는 여전하시다고 그랬지."

"헉!"

주영이의 사랑은 그렇게 전달되었다. 윤주영이 누군지를 모르시겠지만 그 래도 그게 어딘가. 신석현 선생님이 주영이의 존재를 알게 되었으니 말이다.

대한민국에 주영이만큼 고3 되기를 기다린 학생이 있을까. 신석현 선생님 이 주영이를 확실히 알게 된 것은 3학년이 되어서였다. 3학년 교무실 출입이 자연스러워지면서 선생님을 볼 기회도 많아졌다.

"선생님! 얘가 윤주영이에요!"

"주영이가 선생님 좋아한대요!"

교무실에 갈 때마다 친구들이 호들갑을 떨어준 탓에 신석현 선생님은 주 영이를 알게 되었다. 수능이 100일 남은 날, 주영이는 특별한 선물을 받았 다. 야간 자습시간에 6반 회장이 주영이를 찾아왔다.

"윤주영이 누구야? 우리 선생님이 너 교무실로 오래."

'6반 선생님?'

주영이와 친구들은 눈이 동그래졌다. 6반 선생님은 바로 신석현 선생님이었던 거다.

"오~ 윤주영 좋겠다~."

친구들의 놀림을 받으며 주영이는 교무실로 갔다. 야간 자습시간 교무실에는 그날 자습 감독 당번선생님과 업무가 많아 늦게까지 일하시는 선생님이 몇 분 계실 뿐이다. 그날 교무실에는 신석현 선생님 혼자였다. 빼꼼히 교무실 문을 열자 선생님이 웃으며 주영이를 맞이했다.

"어서 와, 주영아."

선생님 앞에서 부끄럼쟁이가 되어버린 주영이는 선생님 앞에 얌전히 앉았다.

"공부는 잘 되니?"

"네."

"내가 3반 수업을 안 들어가서 주영이가 어떻게 공부하는지 한번도 못 봤네. 수능 100일 남았다 그래서 우리 반 애들 찹쌀떡을 하나씩 사줬거든. 다른 선생님과도 나눠 먹으려고 여유 있게 샀는데 그래도 몇 개 남네. 주영이 생각나서 하나 주려고 불렀어."

"감사합니다."

남은 떡이면 어떤가. 주영이는 선생님이 자기를 기억해주셨다는 것만으로도 행복했다. 마치 하나님이 주신 떡인 양 주영이는 그 떡을 책상 위에 고이 올려두고 누구와도 나누어 먹지 않았다.

수능을 보고 입시원서를 쓰며 정신없는 고3이 흘러가고 주영이가 신석현 선생님을 찾아간 건 졸업식 때였다.

"선생님, 사진 한 장만 찍어주세요."

"오, 그래. 주영이랑은 꼭 찍어야지."

선생님을 둘러싸고 있던 6반 아이들이 자리를 비켜 물러났다. 말 한마디라도 정답게 해주시는 선생님. 주영이는 남학생들 앞에서 부끄러움을 덜어주는 선생님이 더 없이 고마웠다.

고등학교 생활 3년 동안 신석현 선생님은 주영이의 일상에 활력을 주는 고마운 분이었다. 멋진 근육맨이라 좋아하기는 했지만 현실성을 두고 집착하지는 않았다. 아이가 둘 있는 아저씨여도 상관없고 윤주영이 누군지 몰라도 상관없었다. 그저 이상형을 보는 설렘이면 충분했다.

"그 선생님 덕분에 고등학교 3년 잘 보냈다. 그치?"

"네. 진짜 좋은 선생님이에요."

수업도 한번 못 들어본 선생님이 뭐 대단한 걸 해줬다고 좋은 선생님이라 여길까. 사랑의 마음을 품으로 그 자체로 행복하기 때문이리라. 상대방이 뭘 해주지 않아도 사랑하는 사람은 그저 좋은 거다.

대학생이 된 주영이는 곧 남자 친구가 생겼고, 신석현 선생님은 예쁜 추억이 되었다. 사랑하는 기쁨을 알았으니 남자 친구와도 멋진 관계를 맺어나

가리라 믿는다. 멀리서 남자 친구를 바라보는 것만으로도 행복해하길, 남자 친구가 준 작은 선물도 크게 감사하며 소중히 여기길 바란다. 신석현 선생님을 좋아했을 때처럼 말이다.

누군가를 사랑한다면 행복해야 한다.
내 마음이 사랑을 품었다는 것만으로.
설렘, 감사, 기대, 소중함!
긍정의 기운이 가득해야 한다.

상대방이 내 마음을 몰라준다고
내가 좋아하는 만큼 나를 좋아해주지 않는 것 같다고
사랑이 힘들다고 말하는 사람은
아직 사랑할 준비가 안 된 거다.
계속 사랑을 받고만 싶은 어린아이의 마음에서
벗어나지 못한 거다.

내 사랑 선생님 2

개학 후 2주가 지날 무렵까지 독어선생님이 들어오지 않았다. 교사 발령이 늦어진다는 거다. 독어시간은 자습으로 지나갔고 현웅이는 잠을 잤다. 늘 졸았던 독어시간이라 선생님이 있든 없든 별 차이는 없었다. 그러던 어느 날 오지랖 넓기로 유명한 반 친구 하나가 초고속으로 달려오며 소식을 전했다.

"야! 독어 왔어. 장난 아니야. 짱 이뻐."

예쁘다는 말에 아이들은 누군지도 모르면서 환호성을 질렀다. 궁금함을 참지 못하고 교무실에 뛰어 갔다 온 아이들도 모두 헛소문이 아니라는 것을 인정했다.

2교시 독어시간. 현웅이도 자지 않고 독어선생님을 기다렸다. 반 아이들은 요란한 소리를 질러대며 예쁜 선생님을 환영했지만 현웅이 귀에는 아무 소리도 들리지 않았다. 남학생들의 시끄러운 반응을 예상한 담임선생님이 새 선생님 소개도 할 겸 교실로 함께 들어오셨다.

"야, 김현웅."

"네?"

"입 다물어, 침 흐른다."

170cm가 넘는 훤칠한 키에 늘씬한 몸매, 웨이브 진 긴 머리, 하얀 피부, 맑은 목소리. 현웅이는 첫눈에 뿅 가고 말았다. 독어시간에 잠을 자기는커녕 1초도 졸지 않았다. 두 눈에 하트가 반짝였으며 쪽지시험, 노트필기, 심지어 본문 외우기까지 완벽하게 해냈다. 그뿐 아니다. 독어시간을 앞둔 쉬는 시간에는 집에서 특별히 가져온 클렌징 폼으로 세수를 말끔히 하고 앞머리에 묻은 물기를 빗어 올려 머리 손질도 했다.

현웅이는 담임선생님과 친하다. 독어선생님이 처음 오셨던 날 담임선생님이 현웅이에게 입 다물라며 핀잔을 준 것도 넉살 좋게 받아 넘기는 현웅이의 성격을 잘 알기 때문이었다. 심심하면 교무실에 가서 담임선생님 책상에 있는 간식을 얻어먹곤 했다. 담임선생님은 독어선생님으로 인한 현웅이의 변화가 재밌어 죽겠다는 듯한 표정으로 물었다.

"너 독어선생님 좋아하냐?"

"네."

"왜?"

"예쁘잖아요."

"으이그, 단순하기는."

선생님은 현웅이의 옆구리를 꼬집었다.

"야, 적당히 좋아해라. 독어선생님 남자 친구 있어."

"그걸 선생님이 어떻게 알아요?"

현웅이는 거짓말하지 말라는 듯 되물었다.

"12월에 결혼하신대. 그리고 뭐 이런 얘기는 하면 안 되지만 너 생각해서 얘기하는 거야. 교사 발령이 늦어지면서 한 학기만 계약직으로 오신 거야. 그러니까 이번 학기 끝나면 가셔. 소문 내지 말고 너만 알고 있어."

힘이 빠졌지만 독어선생님을 좋아하는 마음은 수그러들지 않았다. 독어 성적은 수직상승했으며, 과목 중 항상 최고 득점을 올리던 체육 점수보다도 높게 나왔다. 독어선생님의 하늘거리는 원피스가 바바리코트로 변하고, 가느다란 샌들이 롱부츠로 변하면서 현웅이도 이별을 준비해야 했다.

"선생님 결혼식에 갈 거야?"

"네. 선생님이 오랬어요. 청첩장도 받았어요."

기말고사가 끝나고 며칠 후 현웅이와 몇몇 친구들이 선생님의 결혼식에 참석했다. 담임선생님의 축의금 봉투를 대신 들고서였다. 담임선생님이 현웅이 어깨를 툭툭 치며 독어선생님의 안부를 물었다.

"선생님 결혼 잘하셨냐?"

"네."

"어땠어요."

"예뻤어요."

"원래 예쁘시잖아."

"더 예뻤어요. 제가 본 신부 중에 제일 예뻤어요."

"자식, 신랑도 멋있고?"

"네. 영화배우 같았어요."

현웅이는 핸드폰에 찍어온 사진을 보여드렸다. 신부 대기실에서 선생님과 찍은 사진은 대기화면으로 설정했다.

"이제 독어 공부 안 할 거냐?"

"해야지요."

사랑을 잃은 모든 사람이 그렇듯, 학교 갈 이유를 잃어버린 현웅이가 허망하게 물었다.

"이제 무슨 재미로 학교 가죠?"

"공부해. 너 독어 점수 오르는 거 봐라. 독어선생님도 네가 열공하는 모습을 바라지 않을까?"

"아, 그럴까요?"

겨울방학이 지나고 새 학년이 되자 지연되었던 교사 발령이 이루어졌다. 개학식에 다녀 온 현웅이가 눈에 불꽃을 튀며 달려왔다.

"선생님, 대박이에요!"

"뭐가?"

"독어선생님 새로 오셨는데요."

"어, 천천히 말해."

"더 예뻐요!"

현웅이네 반 아이들의 환호성이 들리는 듯했다. 이후 현웅이의 학교생활은 봄바람처럼 살랑거렸고 독어 성적은 늘 만점에 가까웠다. 그리고 넉살 좋은 성격으로 교무실에 놀러갈 때마다 더 예쁜 독어선생님의 책상에 있는 간식을 얻어먹곤 했다.

청소년들이 매일 가는 학교, 자주 보는 선생님 중에서 이상형을 찾는 것은 자연스러운 사랑의 모습이다. 간혹 넘치는 애정으로 선생님을 곤혹스럽게 하는 녀석들도 있으나 대부분은 현웅이처럼 건강하게 지나간다. 여러 가지로 아이들의 성장을 돕는 선생님들. 사랑의 대상이 되어주는 것 또한 스승의 은혜가 아닐까. 문득 세상의 모든 선생님들께 감사의 인사를 드리고 싶다.

"우리 애는 진짜 아침에 못 일어나거든요.
매일 학교 가는 게 전쟁인데,
어느 날부터는 깨우지도 않았는데
혼자 벌떡 일어나 샤워까지 하고 나가는 거예요.
여자 친구랑 만나서 학교 가기로 했대요. 참나."

사랑의 힘은 얼마나 놀라운지, 사랑은 사랑을 키운다.
사랑의 힘은 사람을 바꿀 만큼 성적을 올릴 만큼
강하다.

episode 9

온라인 사랑

"선생님, 저 남자 친구 생겼어요."

고등학교 진학 후 오랜만에 만나게 된 지영이가 신이 나서 하는 말이다. 중학교 때까지 남자 친구가 없었으니 고등학교 가서 만난 친구나 선배일 거라 생각했다.

"어떻게 알게 됐는데?"

"사진 동호회에서요."

"사진 동호회? 학교 동아리야?"

"아니요. 사진 좋아하는 사람들이 모이는 인터넷 카페예요."

지영이는 사진 찍는 걸 좋아한다. 처음에는 휴대전화로 찍어 페북에 올리는 정도였는데 점점 사진에 관심이 더해갔다. 얼굴을 작게 찍고 싶어 딱 맞는 각도를 찾아보기도 하고, 작은 인형을 크게 보이도록 찍기도 하며, 낙엽이 쌓인 동네 공원길도 유럽의 거리인 양 찍어내기도 했다. 인터넷을 뒤져 사진 잘 찍는 사람들의 노하우도 배우고 직접 찍은 사진을 올리며 댓글 달리는 재미를 맛보았다. 최근에는 용돈을 모아 제법 비싼 카메라도 구입했다.

지영이의 남자 친구는 그렇게 알게 된 사진 동호회 사람 중 하나였던 거다. 처음에는 '이 사람 사진 참 잘 찍는다' 하는 관심으로 시작되었다. 그 사람의 사진을 찾아가면서 보게 되고, 사진을 어떻게 찍는지 묻기도 하고, 서로의 사진에 댓글을 달아가며 카페 내에서는 나름 쫀득한 사이가 되었다.

아이디로 통하는 온라인 세상에서는 '님'자만 붙이면 성별, 연령 따지지 않고 누구나 자유로운 소통이 가능하다. 어떤 편견도 가지지 않고 나와 생각이 통하는 사람, 내가 좋아하는 스타일의 사진을 찍는 사람을 만난다는 건 얼마나 신비로운 인연인가. 그러다 그 사람이 이성이라는 것, 더구나 내 또래라는 걸 알게 되면 묘한 감정이 싹트기도 하는 법이다.

"닉네임이 살짝 아리송해서 처음에는 남잔지 여잔지도 몰랐어요. 근데 댓글 다는 내용을 보니까 남자라는 걸 알겠더라고요."

"나이는?"

"몇 학년인지는 모르는데요. 고등학생이에요. 카페 자기소개 게시판에 디자인, 그림, 사진에 관심이 많은 고등학생이라고 써 있어요."

"만난 적은 없고?"

"네."

"얼굴도 모르는 사람을 남자 친구라고 할 수 있는 거야?"

"음, 친구들도 다 그러는데요. 저는 남자 친구라고 생각해요."

"그 친구도 널 여자 친구로 생각해?"

"네."

"그건 어떻게 알아?"

"서로 그렇게 하기로 했어요."

"……?"

난 이들의 묘한 관계가 얼른 이해되지 않았다.

"사진 찍은 걸 보면 그 사람이 어떤 느낌을 가지고 있는지 알 수 있잖아요. 나와 비슷한 감성을 가지고 있다는 게 좋아요. 매일 자기 전에 통화하거든요. 되게 진지한 얘기도 많이 해요. 서로 통하는 부분도 많고 배우는 것도 많고요."

둘은 그렇게 생각을 나누고 마음을 나누며 가까워진 거다. 한번도 본 적은 없지만 가장 진솔한 이야기를 나눌 수 있는 사이라면 충분하지 않을까. 그래서 둘은 서로 남자 친구, 여자 친구가 되기로 약속을 했단다.

"만날 생각은 없어?"

"네."

"왜? 궁금하잖아."

"처음에는 저도 궁금했었는데요. 만나면 서로 환상이 다 깨질 거 같아요. 저번에 저를 생각하면서 그린 거라고 직접 그린 그림을 보내준 적이 있거든요. 연필로 스케치한 건데 저랑 완전 달라요."

과연 지영이가 매력을 느낄 만큼 상당한 그림 솜씨였다. 그림 속의 소녀는 차분한 생머리에 단정한 눈, 코, 입 평범한 듯 예쁜 얼굴이었다. 부스스한 쇼트 커트에 둥글넓적한 얼굴의 지영이의 모습은 어디에도 없었다.

"그건 너도 마찬가지잖아. 그 친구가 완전 멋있게 생겼을 거라고 생각하고 있는 거 아니야?"

"그럴 수도 있어요. 그냥 잘 생겼다고 믿을래요. 말로는 자기 완전 못생겼다고 하는데, 목소리는 진짜 좋거든요."

어쩌면 둘은 서로에게 자신의 이상형을 덧씌워 놓고 각자의 사랑에 빠져 있는지도 모른다. 한참 정신이 성숙해질 청소년기에 말이 통하고 생각이 통하는 사람을 만난다는 건 누구라도 빨려들 만한 일이다. 가족들과 나누는 판에 박힌 이야기, 친구들과 나누는 시시껄렁한 수다와는 차원이 다르지 않은가. 하지만 두 사람이 서로 사랑하는 사이라고 할 수 있을까.

"넌 그 친구를 좋아하기는 해?"

"좋아하니까 매일 전화하고 그러죠. 싫으면 막 티내는 편이거든요."

"혹시 그 사람을 통해 자유로워지는 네 모습을 좋아하는 거 아닐까? 그 친구를 좋아한다고 하기에는 서로 모르는 게 너무 많잖아. 착각하고 있는 부분도 있고. 그렇게 따져보면 꼭 그 친구가 아니어도 비슷한 감정을 느낄 수 있는 거 아냐?"

"……."

"솔직한 내 생각을 말해도 될까?"

"네."

"내가 볼 때는 네가 남들과 조금 다른 방법으로 인연을 맺은 특별한 상황을 은근히 즐기고 있는 것 같아. 매일 전화하고 문자 보낼 누군가 있다는 게 좋은 거지. 남자 친구라기보다는 음~, 액세서리 같다고 할까? 단지 그 액세서리가 사람이라서, 게다가 또래 남자아이라서 사랑처럼 보일 뿐인 거야."

사람들은 자동차나 강아지, 취미생활 혹은 동성 친구에게 애정을 듬뿍 쏟기도 한다. 그 과정에서 드러나는 자신의 생기 있는 모습이 좋기 때문이다. 하지만 사람과 사람 사이의 사랑은 그런 자기만족의 수준에서 끝나지 않는다. '사랑'을 사전에서 찾아보면 '상대의 매력에 끌려 열렬히 그리워하거나 좋아하는 마음', '아끼고 위하는 따뜻한 마음'이라고 되어 있다. 남녀 간의 사랑이든 가족 간의 사랑이든 인류를 향한 사랑이든 사랑은 상대방을 향한 마음이다. 하지만 지영이의 마음에는 그런 게 없다. 그 사람이 그립지도 않고, 필요한 건 없는지 채워주고 싶은 마음도 없다.

지영이도 아주 솔직히는 그렇게 여기고 있을지 모른다. 하지만 알면서도 누가 나서서 분석을 해대면 짜증이 나는 게 사람 마음이지 않은가.

"이렇게 말해서 기분이 나쁠 수도 있겠지만 그래도 생각해볼 문제야. 그 친구는 널 어떻게 생각하고 있는지 모르겠지만 적어도 네 마음은 그런 것 같아."

"(끄덕끄덕)."

지영이는 생각에 잠겼다. 괜한 말로 혼란만 일으킨 것은 아닌지 걱정이 되기도 했다. 착각이라도 낭만에 빠지는 것을 행복한 일인데 스스로 알아채도록 그냥 좀 더 둘 걸 그랬나 싶기도 했다. 다시 지영이를 만났을 때 그 남자 친구 이야기를 묻지 않을 수 없었다.

"선생님 말이 맞는 것 같아요. 걔도 절 굳이 만나려고 하지 않잖아요. 보통 남자애들은 막 만나자고 그러는데, 자기 혼자 그림 그려 놓고 그냥 저랑은 수다만 떠는 거 같아요."

"남자 친구, 여자 친구라고 하니까 이상한 거야. 그렇게 하기로 해놓고 서로 마음은 그렇지가 않으니까 뭔가 안 맞는 거지. 그냥 친구인 거야. 말 통하고 느낌 통하는 친구. 그럼 편하잖아."

어디 지영이뿐일까. 사랑은 누구에게나 어렵고 서툰 법이다. 남자아이와 이렇게 깊이 있는 대화를 나누어본 것도, 매일 통화를 할 만큼 친해진 것도 처음이니 착각에 빠질 만도 하다. 지영이의 온라인 사랑은 여름방학을 넘기지 못하고 끝이 났다. 기말고사 기간을 지나며 카페도 자주 못 들어가게 되고 문자도 통화도 뜸해지더니 흐지부지 연락이 끊어져버린 거다.

"요즘은 카페활동 안 해?"

"가끔 들어가기는 해요. 사람들이 사진 올려 놓은 거 보면 볼 만한 게 좀 있거든요."

"그럼 이제 그 친구가 올린 사진에 댓글 안 달겠네?"

"네. 걔도 제 사진에 댓글 안 달아요."

"허무하다. 뭐 이렇게 간단하게 끝나냐?"

"그러니까요."

언젠가 한 대학생이 남자 친구와 이별을 하며 이렇게 얘기한 적이 있다.

"내가 그 사람을 사랑하는지, 사랑에 빠진 나를 사랑하는지 헷갈릴 때가 많았어요. 그냥 감정에 취해 있는 거 같아요. 그동안 여러 번 헤어질까 고민을 했었어요. 생각해보면 도저히 못 헤어질 만큼 그 사람을 사랑했다기보다 이 감정이 사라지는 게 싫어서 계속 만났던 거 같아요."

상황은 다르지만 비슷한 경험을 하는 사람들은 많다. 나를 사랑하는 마음, 행복해하는 나를 보고 싶은 마음은 당연한 거니까. 어찌 보면 이기심일 수도 있으나 누군가를 사랑하게 되면 이기심에서 끝나지 않는다. 그 사람을 사랑하는 것은 물론 그 사람을 통해 발견되는 나의 새로운 모습들까지 사랑하게 되는 법. 내가 사랑받고 있다는 사실, 비로소 의미 있는 사람이 된 듯한 감동으로 온 세상이 사랑스러워 보이는 거다.

언젠가 지영이에게도 이렇게 따뜻한 사랑이 찾아올 것이다. 그때가 되면 이전의 온라인 사랑에 대해 나름의 결론을 내릴 수 있으리라. 지금도 키보드를 두드리며, 카톡을 날리며 온라인 사랑을 키워가고 있을 많은 청소년이 지혜로운 분별력을 가지길 바란다.

만일 내가 어떤 사람에게
'당신을 사랑한다'고 말할 수 있다면
'당신을 통해 세계를 사랑하고
당신을 통해 나 자신도 사랑한다'고
말할 수 있어야 한다.

                    -에리히 프롬 『사랑의 기술』 중-

episode 10

전화번호 스캔들 1

'애인구함 010-○○○○-○○○○'이라는 낙서를 볼 때마다 여러 가지 궁금증이 들곤 한다. 정말 애인을 구하기 위함일까. 이름과 나이까지 친절히 써 놓은 걸 보면 혹시 또래의 젊은이들을 어디다 팔아먹으려는 수작 아닐까. 괜한 장난전화만 걸려오지 않을까. 과연 그렇게 해서 애인을 구한 사람이 있을까.

"저도 그런 전화해본 적 있어요."
"정말?"
태준이는 지금 생각해도 웃기다는 듯 갑자기 터진 웃음에 침까지 흘렸다.
중3 2학기 기말고사를 앞둔 어느 날, 태준이는 친구들과 도서관에 갔다. 시험기간이라 으레 도서관에 가긴 했지만 공부가 잘 되지는 않았다. 중간고사 본 지 얼마 되지 않아* 보는 시험이라 긴장감도 없고 이제 중학교도 끝이라는 생각에 마음이 들뜬 탓이다. 하교 후 바로 도서관에 온 태준이와 친구들은 책상에 가방을 던져두고 매점으로 내려갔다. 도서관 매점에서 먹으면 더 맛있는 컵라면을 하나씩 들고 자리를 잡았다.

"어? 이거 뭐야?"

매점 테이블에 시커먼 펜으로 *끄적거린* 낙서. 늘 그 자리에 앉아 라면을 먹었으니 테이블 주변의 벽지며 화분, 사소한 낙서들도 모두 익숙했다. 그런데 테이블 한가운데 큼지막하게 무언가 쓰여 있으니 눈에 띌 수밖에 없었다.

"전화번혼데?"

♥ 애인구함 ♥

○○여중 2학년

○IO-####-####

"오~ ○○여중? 전화해볼까?"

라면이 익기를 기다리며 낙서 구경을 하던 태준이와 친구들은 호기심에 발동을 걸었다.

"이상한 애 나오는 거 아니야?"

"재미삼아 해보는 거지 뭐."

★ 중3 2학기 기말고사는 고입 성적 산출을 위해 1, 2학년 기말고사보다 한 달 정도 빠르다.

"사기꾼들이 전화번호 딸려고 적어 놓은 걸 수도 있어."

"그냥 우리처럼 공부 안 되니까 매점에서 놀다가 낙서했겠지. 사기당할 걱정까지 하냐."

뭔가 꺼림칙한 부분이 아주 없는 것도 아니었지만 뭐 큰일 날까 싶어 메시지를 보내기로 했다.

"누구 전화로 할래?"

"가위바위보로 정해."

결국 태준이 전화가 전화를 하기로 결정되었다.

"혼자 만나면 어색하니까 걔도 친구 두 명 데리고 나오라고 그래. 재밌게 놀자고 해."

몇 번 메시지를 주고받으며 서로 이름도 알고 학교, 학년도 알게 되었지만 어떻게 생겼는지, 목소리는 어떤지 도무지 감을 잡을 수가 없었다. 카톡 프로필 사진은 집에서 키우는 강아지의 사진이 올라와 있었다.

D-day는 기말고사가 끝나는 날이었다. 예의상 시험 끝나는 날로 정하긴 했지만 그 시험 기간은 이미 시험 기간이 아니었다. 장소는 그 도서관 매점 전화번호가 써 있던 그 자리였다. 전화번호의 주인공은 인근의 중학교 2학년 여학생이었다. 수행평가 조 발표 준비를 위해 도서관에 왔는데, 매점에서 친구들과 수다를 떨다가 아무 생각 없이 낙서를 했단다.

"어땠어? 예뻤어? 너 예쁜 애 좋아하잖아."

"괜찮았어요. 좀 귀엽기도 하고. 좀 날티가 나는 것 같기도 했는데 그래도 착하더라고요. 분위기는 좋았어요."

전화번호 하나로 3 대 3 미팅을 하게 된 아이들은 도서관에서 나와 햄버거를 먹고 노래방에서 신 나게 놀고 헤어졌다.

"제 친구 중에 하나는 그때 같이 나온 걔 친구랑 커플이 돼 가지고 좀 사귀었어요. 백일 넘었던 거 같은데."

"넌?"

"뭐 딱히 맘에 들지는 않더라고요. 걔네 둘이 사귀니까 가끔 같이 만나기는 했는데 그냥 알고 지내는 정도예요. 그리고 그런 애랑 사귀는 건 좀 아닌 거 같아요."

"그런 애가 어떤 앤데?"

"아무리 장난이지만 자기 전화번호를 아무데나 막 써놓고. 헤퍼 보이잖아요. 아무 남자나 막 만나는 거 같고."

재미삼아 미팅을 하면서도 태준이의 속에는 나름의 기준이 있었던 거다.

"야, 아무 데나 적혀 있는 전화번호로 연락하는 너는 안 헤프냐? 내가 보기엔 둘 다 똑같거든요!"

면박을 주기는 했지만 나름 진지한 생각을 한 태준이의 속이 기특하기도 했다. 어른들이 보기에는 어처구니없는, 때로는 위험하기도 한 일들을 청소년들은 호기심과 재미로 시도한다. 그러면서 무언가 느끼고 배우는 것이다. 태준이는 그때의 일을 그저 철없는 해프닝으로 기억한다.

"다시는 그런 짓 안 하죠. 그냥 장난으로 한다고 해도 시간이 아깝고 돈도 아까워요. 여자 친구 만나고 싶으면 차라리 친구들한테 소개시켜 달라고 하는 게 훨씬 나요."

"그때 그 낙서 보고 연락한 애들 너네 말고는 없었대?"

"네. 그게 더 웃겨요. 걔도 전화번호 적으면서 어떤 멍청한 애가 전화할까 하면서 적었대요. 하하."

"거봐 똑같은 애들끼리 만나는 거라니까. 하하."

같은 추억을 가진 여섯 명이다. 어디로 튈지 모르는 사춘기의 힘이 예쁜 꽃을 피워낸 것 같아 행복한 마음이 들었다. 모두들 태준이처럼 멋진 어른으로 크는 중이겠지. 녀석들의 꽉 찬 사랑을 응원한다.

"아들이 나이가 마흔인데도 결혼을 못하고 있습니다."

이렇게 자식이 결혼을 못한다고 걱정하는 부모도 많습니다. 사춘기 때 이성도 사귀어 보고, 실패도 하고, 가슴앓이도 해야 연애도 할 줄 알게 됩니다. 그런데 그 시간에 무조건 공부만 하라고 이성교제를 막아버리니까 사람 사귈 줄을 모르는 거예요. 그러고는 나이 들어서야 자꾸 사귀라고 강요를 합니다.

-법륜 스님 『엄마수업』 중에서

전화번호 스캔들 2

EBS 다큐멘터리에서 흥미로운 실험을 했다. 남녀 대학생(실험 도우미, 첫인상이 괜찮아 보인다)이 전화기를 잃어버렸으니 전화 한 통만 쓸 수 있겠냐며 이성에게 접근한다. 이때 부탁을 받은 남녀의 반응은 어떨까. 남학생들은 흔쾌히 빌려주며 이 학교 학생이냐, 어디서 잃어버렸느냐 등등 대화를 시도했지만, 여학생들은 멀찌감치 떨어져 이야기를 하며 전화기 빌려주기를 거부하거나 빌려주면서도 경계를 하는 모습이었다. 이후 실험 도우미들은 감사의 뜻으로 자신이 속한 동아리가 학교 앞에서 시화전을 하고 있으니 오시면 답례하겠다고 티켓을 준다. 자신의 전화번호도 알려준다.

과연 사람들은 시화전에 왔을까. 남성들 중 한 명은 시간에 맞춰 시화전에 왔고, 시화전에 오지 않은 네 명은 초대해주셔서 감사하지만 가지 못해서 미안하다는 메시지를 보냈다. 반면 여성들은 아무도 오지 않았고, 메시지를 보내지도 않았다. 누군가 전화번호를 건네주었을 때 남성들은 '나한테 관심

이 있나 보다'라고 해석하지만 여성들은 '이 사람 뭐야?'라고 받아들인다는
거다.

이 사실은 남학생들에게 좋은 팁이 된다. 마음에 드는 여학생이 있다면
냅다 전화번호를 줄 것이 아니라, 마주칠 기회를 자주 만들어 자연스럽게 친
해지는 것이 좋다. 하지만 아쉽게도 그렇게 센스 넘치는 남학생들은 많지 않
은 모양이다. 사랑에 서툰 청소년들은 특히 더 그럴 거다.

예쁘장한 선애도 이와 비슷한 경험이 많다.

"학교 끝나고 학원에 가기 전에 한두 시간 시간이 떠요. 집에 들렀다가 옷
갈아입고 하다 보면 시간이 맞는데, 왔다갔다 하는 게 귀찮을 때는 도서관에
가거든요. 한번은요, 공부를 하고 있는데 한 초등학교 5~6학년쯤 돼 보이는
여자애가 옆에 오는 거예요. 저는 제가 자리를 잘못 앉은 줄 알고 번호 확인
하려고 그랬는데 저한테 초콜릿을 주는 거예요. 저기 앉은 오빠가 갖다 주라
고 그랬대요."

아이가 가리키는 방향은 선애의 뒤쪽이었다. 이런 일도 몇 번 겪다 보면
노하우가 생기는 법이다. 뒤돌아보면 관심을 보이는 것 같아 가만히 있었다.
초콜릿 안에는 '공부하는 모습이 예쁘네요. 연락 기다리겠습니다. 010-○○
○○-○○○○'라고 써 있었다. 누군지는 모르지만 그래도 받아본 쪽지 중
에 가장 점잖기는 했다. 선애는 앞자리에 앉은 친구에게 쪽지를 보여줬다.
선애는 뒤를 돌아보아야 하지만 친구는 고개만 조금 빼면 볼 수 있는 자리였

기 때문이다. 이때 바로 반응이 오는 휴대전화!

'우리 학교 교복이야. 자주색 이름푠데?'

자주색 이름표는 3학년이라는 걸 의미한다. 피식 웃음이 난 선애는 바로 답을 보냈다.

'그럼 그렇지. 가방 싸자.'

이럴 땐 빨리 자리를 뜨는 게 상책이다. 계속 앉아 있어 봤자 신경 쓰여 더 이상 공부도 되지 않는다. 선애는 초콜릿과 쪽지를 다시 돌려주었다. 괜히 연락을 기다리거나 오해하는 걸 방지하기 위해서다.

"초콜릿은 좀 탐나긴 했는데 그래도 그걸 받아먹으면 또 웃기잖아요."

"같은 학교면 아는 얼굴일 수도 있잖아."

"같은 학년 애들은 대충 아는데요. 3학년들은 건물이 다르니까 잘 몰라요. 학교에서는 못 본 거 같은데 가끔 도서관 올 때 봤나 봐요."

"그런 일이 많은가봐? 노하우도 생기고?"

"가끔이요."

선애는 또 하나 기억났다는 듯 이야기보따리를 풀었다.

"우리 학교는 시험 볼 때 애들 커닝할까봐 반을 섞어서 보거든요. 한 줄은 우리 반, 옆줄은 다른 반 이렇게 앉아서 서로 시험 보는 과목이 달라요. 그런데 시험 끝나고 친구가 쪽지를 주는 거예요. 3반에 박경진이라는 애가 주라고 그랬대요. 시험 보러 왔다가 저를 봤나 봐요. 제 친구는 개랑 중학교 때 같은 반이어서 잘 안대요. 처음에는 친구한테 제 이름 뭐냐고 전화번호 알려

줄 수 있냐고 막 그랬는데 저한테 물어보지도 않고 막 가르쳐줄 수가 없잖아요. 그래서 안 알려줬더니 자기 전화번호 좀 전해달라고 그랬대요."

"시험 보는 중에 별 생각을 다 했나 보다."

"그러니까요. 또 다음 시간 시험을 봐야 되니까 교실을 옮겨야 되고 쉬는 시간도 짧잖아요. 그래서 제 친구가 너 전화번호 바뀌지 않았냐고, 나 너 전화번호 모른다고 그랬더니 걔가 막 급하게 적어 줬는데 손에 있는 게 시험지밖에 없으니까 시험지 구석 여백 있잖아요. 그거 쪼금 찢어가지고 거기다가 전화번호를 적어서 준 거예요. 완전 다 구겨진 누런 종이를, 하하."

선애는 그 누런 종이가 다시 생각난 듯 인상을 썼다 웃기를 반복하며 이야기를 이어갔다.

"그래서 연락해봤어?"

"아니오."

"왜?"

"누군지도 모르는 애한테 어떻게 연락을 해요."

"친구한테 연결해달라고 해보지. 괜찮은 애일 수도 있잖아."

"제 친구도 괜찮은 애라고, 만나보라고 했는데요. 그냥 좀 싫었어요. 그렇게 전화번호를 던져주면 뭐 어쩌라는 거예요? 그런 자신감은 어디서 나오는지, 참나."

선애는 그런 막무가내식의 방법부터 마음에 들지 않는다고 했다. 앞의 실험에 참가했던 여성들도 같은 생각이었으리라. 사랑은 마음이 움직여야 한다. 여성들에게는 전화번호를 알게 되는 과정이 더욱 중요하다. 그저 툭 던져주고 '생각 있으면 전화하세요'라는 의사결정권을 주는 것은 '당신이 괜찮아 보이긴 하지만 제가 직접 다가가 친절히 말을 걸 정도는 아니네요'라는 의미로밖에 여겨지지 않는다.

"그런 자신감은 어디서 나오는 걸까요?"

여학생들이 이성 친구 이야기를 할 때 공통적으로 하는 말이다. 아무리 못생기고 키가 작고 공부도 못하고 성격도 이상한 애라도 다 자기가 잘난 줄 안다는 거다. 선애는 그 '자뻑'에 진저리를 쳤다.

"우리 오빠도 그래요. 세수 하고 거울 보면서 자기가 되게 잘생긴 줄 안다니까요. 우리 오빠는 제가 봐도 좀 아니거든요. 키도 안 크고 얼굴도 별로고 여드름에 완전 아저씨 스타일이에요. 도대체 남자들은 왜 그래요?"

남자들은 왜 그럴까? 단지 남자들의 문제는 아니다. 남자와 여자가 각각 다른 오류에 빠져 있기 때문이다. 남성들은 상대방이 자신에게 관심이 없는데도 있다고 잘못 추론하는 '긍정오류'에 빠져 있다고 한다. 이성과 사랑에 대해 객관적이고 냉철한 판단력을 가진 것보다 이러한 착각에 빠져 있는 것이 생존과 종족번식에 유리하기 때문이다.

하지만 여성은 반대다. 남성보다 훨씬 복잡하고 다양하게 생각을 한다. 국적, 문화와 상관없이 이 세상의 모든 남성들은 '나는 잘났다', '내가 찜한 저 여자도 나를 좋아할 것이다'라는 긍정오류에 빠져 있으며 이는 인류가 생겨난 이후 지금까지 오랜 세월 유지되어 온 흐름이다. 그러니 어쩌랴, 서로 다름을 알고 이해하는 수밖에!

"그래도 귀엽지 않니? 얼마나 급했으면 시험지를 찢어서 번호를 적어줬 겠어. 나름 두근거리면서 기다렸을 텐데."

"하긴, 듣고 보니 그러네요."

"그 도서관 오빠는 쪽지 없이 그냥 초콜릿만 줬으면 더 나을 뻔했다. 어차 피 같은 교복이니까 학교에서 우연히 만날 수도 있고, 그러면 오히려 더 궁 금해지잖아."

"맞아요. 저도 몇 번 본 것 같은 얼굴이었으니까 그 오빠도 저를 그날 처 음 본 게 아니었을 거예요. 그냥 도서관에서 자연스럽게 인사할 수도 있었을 텐데."

"다음부터는 무조건 다 무시하지 말고 어떤 사람인지 잘 살펴봐. 괜찮으 면 만나보기도 하고. 그래야 너도 남자 보는 눈이 좀 생기지 않겠어?"

"네. 히히!"

예쁜 얼굴답지 않게 한번도 남자 친구를 사귀어본 적이 없는 선애는 그렇 게 세상을 향한 마음을 조금 열었다. 가까이 오는 남자들은 무조건 자뻑 환 자에 무례하다고만 생각했던 선애의 '부정오류' 또한 조금씩 성숙해갈 것이 라 믿는다.

무심코 너에게 날아온 문자
글자 하나하나 기호 하나하나를 판독한다.
글자 하나하나 기호 하나하나에 의미를 둔다.
글자 하나하나 기호 하나하나에 취해버린다.

-석용욱, 『러브 캔버스』 중에서

연애상담실 2

이러다 동성애자 되는 거 아닐까요?

Qustion:

　매일 붙어 다니는 절친이 있습니다. 말도 잘 통하고 저랑 잘 맞아서 학기 초부터 금방 친해졌어요. 학교 끝나면 그 친구네 집이나 우리집에서 같이 밥을 먹고 도서관에 가서 늦게까지 공부를 합니다. 하루 종일 같이 있는 거죠. 서로 잘 챙겨주고 도움을 주는 것도 많아서 참 좋은데, 가끔은 '친구 사이에 이렇게까지 해야 하나?' 싶은 생각이 들 때도 있습니다. 날짜를 정해서 서로 집까지 데려다 준다든지, 서로 좋아하는 음식을 만들어주기도 하거든요.

　그 친구가 저에게 집착하고 있다는 생각도 듭니다. 메시지에 답을 조금만 늦게 하거나 전화를 안 받으면 어디 갔었냐 뭐 했었느냐 계속 물어보고, 제가 조금 성의 없게 대답하면 눈치가 빨라서 금방 알아채요. 이름 대신 서로만 아는 애칭으로 부르고, 다른 친구들은 모르는 비밀 단어를 만들어서 쓰기도 합니다. 휴대전화에는 둘이 찍은 똑같은 사진을 저장해서 같은 사진이 떠요. 주변 친구들은 우리 보고 부부라고 합니다. 너무 붙어다니다 보니 귀찮을 때도 있지만 절친이 있다는 게 좋습니다. 재밌기도 하고요. 하지만 그 친구랑 잘 지내고 있으니 남자 친구에 대한 아쉬움도 없고, 이러다 정말 동성애자가 되는 거 아닐지 걱정입니다.

"성 정체성은 감정만의 문제가 아닙니다.
동성의 친구를 좋아하고 선배나 연예인을 우상처럼 여기는 감정이 강렬하다고 해서 본능이 바뀌는 것은 아니에요."

answer:

청소년기에 또래 관계가 끈끈해지는 이유는 미래에 형성될 자기 세대의 세상을 준비하기 위해서입니다. 어린 시절 우주와 같았던 부모님은 나의 우주가 형성되면서 점차 작아지고, 귓속말 몇 마디로도 모든 게 통하는 친구와 가까워지는 것이죠. 이 결속이 미래 사회의 토대가 되는 셈입니다. 친구들 중에는 유독 나와 잘 맞는, 가족보다 더 가까운, 서로에게 비밀이 하나도 없는 '절친'이 생겨나기도 하는데 이 절친의 정도가 묘한 분위기로 깊어지면 언뜻 남녀 관계처럼 여겨지기도 해요. 어느 순간부터는 "너네 사귀냐?"는 농담도 가볍게 들리지 않는 거죠.

청소년들이 동성에게 끌리는 증상(!)은 다음 세대 준비를 위한 또래끼리의 결속, 자아 완성의 갈망을 가진 사춘기의 특성과 연결됩니다. 친구와 가까워지다 보니 그 정도가 좀 지나치는 경우도 생길 수 있고, 내가 바라는 모습을 갖춘 동성에게 강렬한 끌림을 느낄 수도 있어요.

이성에 대해서는 전혀 감정이 없으면서 동성 친구에게만 집착하게 된다면 문제겠지만 이성도 좋고, 동성 친구도 좋은 거라면 지극히 정상입니다. 그러니 '나 이상한 거 아니야?'로 걱정을 키울 필요는 없어요. 성 정체성은 감정만의 문제가 아니기 때문입니다. 이성에게 끌리는 것은 본능이에요. 잠을 참을 수 없고 배고프면 멍해지는 것처럼 의지와 상관없는 본능이죠. 동성의 친구를 좋아하고 선배나 연예인을 우상처럼 여기는 감정이 강렬하다고 해서 본능이 바뀌는 것은 아닙니다. 고민을 상담해온 학생은 '그 친구랑 재밌게 잘 지내니 이성 친구에 대한 아쉬움이 없다'고 했는데 그것은 '그 친구와 재밌게 잘 지내니 텔레비전이나 게임에 빠질 겨를이 없다'라는 의미와 같은 맥락입니다. 본능이 달라진 것은 아니라는 거죠.

간혹 성 정체성이 남다른 동성애자들이 있기는 합니다만, 이들은 예외적인 경우입니다. 그래도 몇몇 친구들은 "계속 이러다 보면 나도 모르게 동성애자가 되는 거 아니에요?" 하며 불안을 떨치지 못해요. 청소년들이 "나 동성애자 되는 거 아니야?" 하며 불안을 키우는 것은 동성애에 대한 상식과 이해가 부족하기 때문입니다. 뭔가 이상하다는 (심지어 더럽다는) 사회적 편견이 동성애에 대한 무관심과 무지를 만들어낸 거죠. 게다가 동성애의 문제는 학교 성교육에서 제대로 다루어지지 않잖아요. 논란이 되는 지식은 교과 과정에 넣을 수 없는 것과 마찬가지입니다.

하지만 동성애자들은 이성애자*들과 본질적으로 다른 뇌구조를 가지고 있어요. 남자로 태어난 사람이 여자로 변할 수 없듯 이성애자가 동성애자로 바뀔 수 없다는 거죠. 뇌의 시상하부는 남성적 행동을 유발하는데 당연히 여성은 시상하부 핵의 크기가 작지요. 그런데 게이들은 시상하부 핵의 크기가 일반 남성들의 1/3~1/2 정도(여성과 비슷한 크기)로 작다고 합니다. 게이와 일반 남성들 간에는 뇌량의 두께에서도 차이를 보여요. 뇌량은 여성이 더 두꺼운데★★ 게이들은 일반 남성들보다 뇌량이 더 크다고 합니다.

　스웨덴 스톡홀름 뇌연구소의 이반카 사빅 박사는 자기공명영상(MRI)으로 뇌구조를 관찰한 결과 동성애 남성은 이성애 여성과 동성애 여성은 이성애 남성과 각각 뇌구조가 닮았다는 사실이 밝히기도 했습니다. 동성애 여성과 이성애 남성은 뇌의 오른쪽 반구가 왼쪽 반구보다 큰 비대칭이고, 동성애 남성과 이성애 여성은 양쪽 반구의 크기가 같은 대칭이라는 것이죠. 또 감정반응과 투쟁-도피반응이 일어나는 편도 사이의 혈액 흐름을 관찰한 경우에도 동성애 남성과 이성애 여성이 서로 같은 특징을 보였다고 합니다.

　간혹 어린 시절 성폭행 등 치명적인 충격이 있었던 경우 성인이 되어서도 이성에 대해 전혀 애정을 느끼지 못하는 사람들이 있기도 하지요. 뇌가 이성을 위험요소로 여겨 거부하기 때문입니다. 하지만 이 경우도 그 사람이 동성

★ 대부분의 사람들이 이성애자에 해당한다.
★★ 뇌량은 좌뇌와 우뇌를 연결하는 다리 역할을 한다. 여성의 경우 뇌량이 남성보다 두꺼워 양쪽 뇌의 정보 교류가 더 활발하다. 반면 남성의 뇌는 각 뇌 안의 교류가 우수하다. 이는 여성이 멀티플레이에 능하고 남성은 한 가지에 집중하는 성향이 강한 것과 관련이 있다.

애자가 되었다고 볼 수는 없어요. 외상 후 스트레스 장애와 같은 질환이지 성 정체성이 달라지는 문제는 아니죠.

　이런 걸 보면 동성에게 끌리는 마음은 단지 분위기와 감정으로만 단정 지을 수 없는 일입니다. 성 정체성은 선천적인 영향이 크니까요. '나도 혹시?!' 하며 고민을 했던 독자들도 한결 마음이 편해졌을 거예요.

　그러니 괜한 불안을 키우지 마세요. 지금은 절친과 잘 지내며 재밌게 우정을 쌓아가면 됩니다. 절친 덕분에 매일 도서관도 빠지지 않고 자주 웃으며 서로의 성장에 매우 큰 힘이 되고 있는 듯하네요. 지금은 같은 학교, 같은 일상을 살고 있으니 하루 종일 친구와 같이 지내는 것이 가능한 것뿐입니다. 시간이 지나면 자연스럽게 해결될 문제예요. 학교를 졸업하면 서로 다른 환경에 놓이게 될 거예요. 만나는 사람도 다르고 생활도 달라지겠죠. 그때는 각자 이성 친구도 생기고 하루 종일 붙어 생활할 수도 없을 테니 동성애에 대한 걱정은 필요 없습니다.

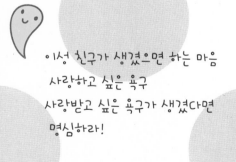

이성 친구가 생겼으면 하는 마음
사랑하고 싶은 욕구
사랑받고 싶은 욕구가 생겼다면
명심하라!

그건 바로 좀 더 나은 내가 되어야 한다는
우주의 신호이다.

Part three

나를 키우는
사랑

episode 12

사랑은 변한다 1

의주와 승현이는 중학교 2학년 때 같은 반이었다. 의주는 승현이를 좋아했지만 승현이의 마음이 어땠는지는 확실하지 않다. 승현이의 생일이나 밸런타인데이에 의주는 벼르고 별렀다가 선물을 주었지만 승현이는 그저 고맙다고만 할 뿐 특별한 반응을 보이지 않았다.

중학교 3학년이 되면서 다른 반이 되어서는 복도에서 가끔씩 마주치며 지나갔고, 다른 고등학교에 진학하고 나서는 전혀 볼 수가 없었다. 하얀 피부에 눈이 컸던 승현이는 고등학생이 되자 키가 훌쩍 자랐고, 그 학교 여학생들에게 제법 인기가 많다는 소식이 들려왔다.

'날 기억이나 할까? 예쁜 여자 친구도 생겼겠지?'

이따금씩 승현이 생각이 났고, 승현이가 다니는 학교 교복을 입은 남학생 무리들이 보이면 유심이 바라보기도 했다. 고1을 마치며 시작된 겨울방학. 의주는 학원에서 친구 휴대전화의 사진을 보다가 친구와 활짝 웃고 있는 승현이를 봤다.

"어? 얘 누구야? 괜찮네?"

의주는 모른 척하며 물었다.

"그치, 괜찮지. 근데 여자 친구가 있대. 동아리 연합 모임에 갔다가 만난 애야. ○○학교라 그랬나? 모임 끝나고 헤어지면서 사진 찍고 그랬거든. 1학년 마지막 모임이라 평소에 잘 안 오던 애들도 다 오고, 잘 모르는 애들하고도 찍은 게 많아."

'근데 여자 친구 있대'만 마음에 울릴 뿐 뒤에 이어지는 친구의 수다는 잘 들리지 않았다. 의주는 오랜만에 승현이 얼굴을 가까이서 봤다. 멋진 승현이에 비해 공부하는 아줌마가 되어버린 자신의 모습이 초라하게 느껴졌다.

"나중에 대학가면 승현이 만날 거라고 생각했었거든요. 그런데 못 만날 거 같아요."

"왜?"

"승현이가 너무 멋있잖아요. 키 크고 잘생기고. 전……."

"너도 대학생 되면 예뻐질 텐데 뭐."

"그래도 실망할 거 같아요."

대부분 사춘기 아이들이 그렇듯 의주도 외모로 자신의 가치를 판단하고 있었다.

"뭐 선 보니? 어릴 적 친구를 만나는 건데 어때. 실망하고 어쩌고 그런 생각하는 게 더 이상하다, 야."

"그런가요?"

의주는 중학교 2학년 때 승현이가 쓰던 휴대전화의 번호를 지우지 않고 계속 간직했다. 액세서리처럼 휴대전화를 바꾸고 그에 따라 번호도 바뀌는 게 흔한 일이지만, 그래도 언젠가 승현이에게 연락을 하리라는 희망을 버리지 않았다. 그 기다림이 의주가 승현이를 사랑하는 방법이었다.

"승현이 휴대전화에는 네 번호가 있어?"

"중학교 때는 있었어요."

"지금도 있을 수 있겠네. 되게 싫은 사람 아니면 일부러 찾아서 지우지는 않잖아. 휴대전화는 바꿔도 전화부 목록이 통째로 옮겨가고, 번호 바뀌면 자동으로 다 변경 메시지가 오니까 네 번호도 저장되어 있으면 너한테도 오겠지."

의주는 성실히 공부했다. 성적은 흔들림이 없었고 고3이 되어서는 서울의 상위권 대학을 무리 없이 예상할 수 있었다. 입시전형과 대학생활에 대한 이야기를 하면서 의주는 이따금씩 승현이 이야기를 꺼냈다.

"수능을 11월에 보잖아요. 대학교 입학은 언제 해요?"

"3월 2일에 하지. 중·고등학교랑 똑같아."

"그럼 3월에 연락을 해야 할까요? 걔가 재수할 수도 있잖아요."

"음, 그럼 수능 끝나고 해."

"수능 끝나고 바로요?"

"그게 낫지 않을까? 수능 보고 점수 나오기 전까지 3주 정도는 다들 어정쩡하거든. 재수 결심을 했더라도 그때는 쉴 거야."

의주는 승현이의 재수 가능성까지 고려하며 마음을 졸였다. 드디어 수능이 끝나고. 의주는 승현이에게 전화를 걸었다. 수도 없이 망설이고, 오만가지 잡념에 빠졌다가 휴대전화가 닳도록 만지작거린 후였다.

"여보세요?"

"여보세요. 어, 나 의주야."

"알아."

'안다니. 내가 의주라는 걸 알고 있다고? 날 잊지 않은 거구나. 내 번호가 아직 저장되어 있구나. 고마워.'

의주는 '알아' 한마디로 충분했다.

"어? 기억하네. 진짜 오랜만인데."

"당연하지. 네 이름 뜨는데 뭐. 목소리도 옛날이랑 똑같은데?"

전화통화는 그동안 잘 지냈는지, 수능은 잘 봤는지 안부를 묻다가 언제한번 보자는 인사로 끝이 났다.

"떨려서 말도 제대로 못할 줄 알았거든요. 근데 생각보다 편하더라고요."

"용기 내서 전화한 보람이 있네."

"승현이가 좀 달라진 거 같아요."

"어떻게?"

"좀 선수 티가 난다 그럴까? 중학교 때는 여자애들한테 말도 잘 못 걸었거든요. 되게 수줍어 하고. 오랜만에 통화하는 건데도 어색해하지도 않고 저보다 말을 더 많이 하는 거 같아요."

"인기남 생활을 하다 보니 그렇게 됐나 보다."

"그런가 봐요."

"여자 친구 얘긴 안 물어봤어?"

"네."

"왜? 궁금하잖아?"

"그래도 너무 속보이잖아요."

그 통화를 계기로 의주와 승현이는 가끔 메시지와 전화를 주고받았다.

"선생님, 승현이 전공이 뭔 줄 아세요? 저 완전 깜놀했어요."

"깜놀이라면 평범한 건 아닌가보네."

"네, 특히 남자애들한테는요."

"음, 식품영양학과? 아니지, 요즘은 요리하는 남자들도 많으니까. 간호학과? 예체능 쪽인가? 무용?"

"비올라래요. 완전 특이하죠."

"비올라? 바이올린처럼 생긴 거?"

"네!"

"음대에 갔단 말이야?"

"네에~. 비올라가 웬말이에요. 음악 교과서에서나 보던 거 아니에요? 그 얘기 듣고 인터넷에 검색해봤다니까요."

"중학교 때도 비올라 했었어? 음대 갈 정도면 되게 오래 배워야 하는 거잖아."

"걔네 엄마가 피아노인가 첼로인가 아무튼 음악 전공하셨거든요. 중학교 때는 음악 실기시험 볼 때 남자애들은 다 리코더 불었는데 혼자만 피아노 쳐서 여자애들이 완전 반했거든요. 자기 말로는 공부는 잘 못했으니까 대학 갈려고 막판에 미친 듯이 연습해서 실기 봤대요."

"야 멋지다. 음악 전공하는 훈남이라니. 어떻게 잘 좀 해봐. 지금은 여자친구가 없을 수도 있잖아."

"음대에 얼마나 여자애들이 많겠어요. 음악 전공할 정도면 집안도 다 빵빵할 텐데 제가 눈에 들어오겠어요."

"왜 그렇게 생각해. 혹시 아니? 승현이는 네가 공부 잘하고 좋은 대학 가서 자기는 눈에 안 찰 거라고 생각하고 있을지."

좋아하는 사람 앞에서 자신이 작게 느껴지는 것은 누구나 마찬가지의 감정이다. 외모로 기가 죽던 의주는 이제 집안의 경제력까지 마음에 걸리는 모양이었다.

의주가 승현이를 다시 만난 건 노느라 바빴던 대학 1학년이 지나고 2학년 여름방학이 시작될 무렵이었다. 의주는 회계사 자격증 공부를 위해 학원과 독서실에 살다시피했다. 공부하는 의주를 배려해 승현이가 의주의 학원 근처로 왔다. 평소 학원에 갈 때에는 트레이닝복에 질끈 묶은 머리였지만 그날은 나름 멋을 냈다. 큰 키의 승현와 보조를 맞추기 위해 굽 높은 구두도 신었다.

'중학교 이후로 처음인데 알아볼 수 있을까? 버스 정류장에서 기다린다고 했는데…….'

횡단보도에서 신호를 기다리며 건너편 버스 정류장을 살피던 의주는 먼저 와서 기다리는 승현이를 한눈에 알아볼 수 있었다. 훤칠한 키에 야구모자, 녹색 단화 그리고 청바지에 흰 티셔츠를 입고 있었다. 분명 승현이었다. 중학교 때는 키가 비슷했는데 가까이 다가서니 올려다보며 인사를 해야 했다.

"야, 너 키 많이 컸다."

승현이를 올려다보며 햇볕에 눈을 찌푸리는 의주에게 승현이는 큰 손으로 손그늘을 만들어주었다.

"어디 들어가자. 덥다. 점심 안 먹었지? 밥 먹자."

"그래, 간단하게 먹지 뭐. 여기 햄버거집 갈까?"

"햄버거 말고 밥 먹어. 공부할 때는 잘 챙겨 먹어야 하잖아. 내가 맛있는 밥 사줄게."

승현이는 따뜻하고 친절했다.

'이러니 인기가 많겠지.'

둘은 패스트푸드점을 지나 돈가스 집으로 들어갔다.

"남자 친구 있어?"

승현이가 먼저 물었다.

"아니."

"왜? 공부하느라고 없구나? 내가 너처럼만 공부했으면 우리 엄마가 날 업고 다녔을 거야. 엄마가 나 대학 보내려고 얼마나 애를 썼는데."

"다른 거 할 줄 아는 게 없으니까 공부하는 거지. 넌 비올라가 있잖아."

"나도 빨리 정신 차려야 할 텐데, 아직도 만날 놀아."

승현이도 의주 앞에서는 작아지는 걸까. 명문대에 진학한 것도 그렇고 어려운 자격증 공부를 하고 있는 의주를 신기해했다.

"넌 여자 친구 있어?"

"어, 너무 오래 만나서 지겨워."

"얼마나 만났는데?"

"고1 때부터니까 5년째네."

고1 때부터라면 의주가 학원에서 친구의 휴대전화에 저장돼 있던 사진을 보며 들었던, 이후 수도 없이 마음을 울렸던 '근데 여자 친구 있대'의 그 주인공인 듯했다.

"왜 지겨워. 좋으니까 오래 만난 거지."

점잖은 의주의 말에 승현이는 정말 지겨운 듯 손까지 저었다.

식사를 마치고는 의주의 학원 수업시간이 다 되어 '또 보자'는 인사로 헤어졌다. 오랜만에 만나 밥 먹는 거 말고 마땅히 시간 보낼 일이 없을 것 같아 일부러 그렇게 약속 시간을 잡았다.

"참 이상해요."

"뭐가?"

"중학교 때부터 승현이 말고는 설레면서 좋아해본 남자 친구가 없었거든 요. 대학교 와서도 남자 선배들이나 친구들 그냥 별 감정 없이 친하고요."

"그런데?"

"예전보다 승현이는 더 멋있어졌는데, 진짜 우리 과 애들보다 백만 배 낫 거든요. 근데 승현이가 더 좋아지지는 않아요. 꼭 승현이가 아니라도 멋진 남자애가 나한테 잘해주고 그러면 끌리는 마음이 생기잖아요. 그런데 승현 이는 안 그래요. 막상 만나고 나니까 오히려 무덤덤해졌어요. 그 여자 친구 아직도 만난다는데도 옛날처럼 속상하지도 않아요."

"그럴 수도 있지. 사람 마음은 달라지는 거니까. 네가 큰 거야. 사춘기 때 떨렸던 감정이 사라져서 그런 거지. 승현이가 여자 친구랑 헤어지고 너 만나 겠다고 하면 사귈 거야?"

"음, 사실 저도 혼자 그 생각해봤는데요. 하하, 진짜 웃긴다. 혼자 상상만 하다가, 근데 안 사귈 거 같아요."

중학교 때 콩닥거리며 시작했던 의주의 사랑은 긴 시간 속에서 무르익어 추억이 되었다. 초등학교, 중학교 때 풋풋하게 시작한 십대들의 사랑은 대부 분 이렇게 흘러간다. 입시를 치르고 대학생활을 경험하고 사회인이 될 준비 를 하며 이성을 바라보는 의주의 눈도 달라졌으리라. 아이들은 "커서 보니까 별로예요"라고 말하지만 그 속에는 성장의 축복이 담겨 있다. 마음도 자라고 감정도 자라고 사람을 보는 기준도 크는 법이다. 그러니 예전처럼 그 친구가 좋아 보이지 않는 것도 당연하다.

'나중에 대학교에 가면 꼭 다시 만나야지' 하며 마음에 품어둔 이성 친구가 있는가. 참으로 행복한 설렘이다. 나중에 그 친구를 만나든 안 만나든 지금 누군가를 흠모하는 감정의 풍요를 누리자. 혹시 나중에 그 친구를 만나게 된다면 예전처럼 멋져 보이지 않더라도 실망하지 말자. 내가 성장한 증거이니 감사하게 생각하자.

자신에게 물어봐.
좋은 사람이라고 생각하는 건지,
좋아하고 있는 건지.
사랑은 마음으로 하는 것
분명 저 사람에게 좋은 조건이 더 많아도
이 사람에게 마음이 끌린다면
이 사람이 정답인 거야.

episode 13

사랑은 변한다 2

"선생님은 연애를 얼마나 했어요?"

남들 연애사에 관심이 많은 청소년들은 종종 내 이야기를 묻곤 한다.

"5년."

"헉, 지겹지 않았어요?"

"아니."

"중간에 헤어졌다 다시 만나고 그런 거예요?"

"아니."

아이들은 하나같이 5년이라는 긴 시간에 놀라고, 깨지지 않고 한 사람을 계속 만났다는 사실에 또 놀란다. 더 긴 연애 경력을 사람들도 많다. 하지만 100일 챙기기도 버거울 만큼 쉽게 시작되고 쉽게 끝나는 십대들의 입장에서 5년이란 가늠할 수 없는 시간이리라.

그에 비하면 여자 친구와 2년째 사귀고 있는 준석이는 흔하지 않은 경우에 해당한다. 친구들은 준석이를 유부남 취급한다.

"넌 지겹니?"

"좀, 그래요. 친구들은 마누라 있어서 좋겠다고 막 놀리고 그러는데요. 뭐 여자 친구 만나도 좋은지도 모르겠고, 예쁜지도 모르겠고 그냥 그래요. 자주 싸우기도 하고."

준석이도 한때는 닭살 커플이었다. 여자 친구를 처음 본 건 중학교 3학년 겨울방학 때 예비 고1 특강을 들으러 간 학원에서였다. 서로 다른 중학교를 다니고 있었으니 그 여자애를 보기 위해서는 학원에 빠짐 없이 나가는 수밖에 없었다. 학원 특강이 끝나자 흐지부지 되는가 싶었는데, 고등학교 입학식 날 그 여자애를 발견했던 거다. 오두방정을 떨며 친구들에게 이 사실을 알리고 그때부터 준석이 눈에 하트가 불타기 시작했다. 그 여자애가 몇 반인지, 이름이 뭔지 알아내는 것부터 시작해 그 반 시간표를 알아두었다가 음악실이나 강당에서 나오는 시간이 되면 근처를 서성이다 오기도 하고, 역사 토론 동아리에 지원했다는 소식을 듣고는 준석이도 역사 토론부에 지원서를 냈다.

"근데 같은 동아리 아니잖아."

"걔는 동아리에 들어갔는데요. 저는 면접에서 떨어졌어요. 역사에 대해 뭐 아는 게 없으니까. 대답을 하나도 못하잖아요."

그렇게 시간을 끌다 마음을 전하게 된 건 5월 축제 때였다. 사랑 고백을 대신해준다는 이벤트에 신청을 한 것이다. 장미꽃 한 송이에 직접 적은 작은 카드를 의뢰하고 불우이웃 돕기로 쓰일 수수료 3,000원을 냈다. 멀리서 꽃

배달을 지켜보는 준석이의 마음은 콩닥거리다 못해 미칠 지경이었다.

"진짜 심장이 튀어나오는 줄 알았어요."

"카드에 뭐라고 썼어?"

"아, 진짜 생각하기도 부끄러워요. 중3 때 학원에서부터 봤었다고 썼었어
요. 1학년 몇 반 누구라고 제 이름 쓰고 밑에 전화번호도 적었어요. 메시지
달라고."

깜짝 놀라며 꽃과 카드를 받아든 여자 친구는 그날 오후 꽃 잘 받았다는
메시지를 보내왔다. 그렇게 알게 된 전화번호로 어색한 메시지를 몇 번 주고
받다가 만나게 되었고, 그 만남이 2년 가까이 이어져온 것이다. 멀리서 바라
보기만 해도 두근거리던 여자 친구가 식상해지다니. 딱히 여자 친구가 싫어
진 것도 아닌데 그저 밍밍한 게 설렘도 재미도 없는 지루함뿐이었다. 준석이
는 이 심심한 연애가 아쉬운 거다.

"둘이 만나면 뭐 하고 놀아?"

"별거 안 해요. 영화 볼 때도 있고 뭐 음료수 시켜 놓고 공부할 때도 있고
그래요."

"다른 사람들도 마찬가지야. 밖에 나가서 둘러봐라. 둘이 좋아서 손잡고
조잘거리는 커플들은 몇 안 돼. 각자 자기 휴대전화 들여다보고, 책 읽고, 가
끔 한마디씩 하잖아. 그게 자연스러운 거야."

"무슨 재미로 만나요."

"재미? 그냥 같이 있는 시간이 좋은 거지. 둘이 뭐 재밌는 걸 해서 좋은 건

아니잖아? 지겨워졌다고 다른 여자 친구 사귀면 괜찮을까?"

"얼마 지나면 똑같아지겠지요."

"누굴 만나도 마찬가지야. 꼬마 아이들이 새 장난감만 좋아하는 거랑 똑같지, 뭐."

사랑은 변한다. 그게 당연하고 자연스럽다. 사랑을 그저 열정과 흥분으로만 본다면 '식었다'라고 표현할 수도 있겠다. 그러나 뜨거움은 사랑의 초기 증상일 뿐 계속 유지되는 건 아니다. 정신분석 전문의 김혜남 선생님은 사랑이 변해가는 과정을 '사랑에 빠지는 것'으로부터 시작하여 '사랑을 하는 것'을 거쳐 '사랑에 머무는 것'이란 단계로 설명했다. 준석이는 사랑에 빠지는 설렘의 단계를 지나 사랑을 하는 단계에 접어든 게 아닐까.

"그렇게 치면 엄마아빠는 지금까지 어떻게 같이 살았을까? 거의 20년이잖아."

"그냥 사는 거 같아요. 옛날에 연애할 때 얘기 가끔 해주시는데요, 진짜 상상이 안 돼요."

"너도 그렇게 살게 될 거야. 그런 게 사랑이야. 매일 핑크빛이고 심장이 두근거리면 어떻게 사냐. 사람들 다 심장병 걸려 죽을걸?"

오랜 사랑을 지켜온 부모는 청소년들에게 훌륭한 본보기가 된다. 그러함에도 아이들은 부모는 부모일뿐 서로 사랑하는 남녀라는 생각을 하지 않는다. 젊었을 때 사랑해서 결혼한 사이라고만 여기는 것이다. 사랑에 숨어 있는 안정감, 편안함, 기다림, 감사함의 의미를 경험 없이 알 수는 없으리라.

"그럼 부모님은 신혼 때보다 지금이 덜 행복할까?"

"음, 그건 아닌 거 같아요."

"왜?"

"같이 살아온 세월이 있으니까. 우리들 키운 보람도 있을 거고, 신혼 때랑은 좀 다르겠지요."

"그래, 달라. 네 사랑도 달라진 거야. 처음 사귈 때에 비하면 재미도 없고 설레지도 않지만, 지금은 또 처음에 없었던 게 있잖아. 서로를 잘 알기도 하고 편안하기도 하고. 하긴 열여덟 살은 안정적인 사랑을 추구할 나이가 아니긴 하지."

심장이 튀어나올 것 같은 그때로 다시 돌아갈 수 있을까. 그럴 수는 없을 거다. 사랑은 흘러가는 거니까. 그럼 그때로 돌아가도록 노력해야 하는 걸까. 그렇지도 않다. 사랑은 시시때때로 다른 즐거움을 주기 때문이다. 지금 내가 겪고 있는 사랑에 충실하고 가치를 발견하는 것이 가장 행복한 사랑이다.

"예전으로 돌아가려고 하지 마. 사랑이 크고 있으니 너도 커야지. 사랑하는 모습은 변하는 거야. 같이 독서실 가고, 같이 밥 먹고, 음료수 나눠 마시고. 특별한 이벤트가 없어도 둘이 일상을 같이 한다는 게 사랑인 거야."

"네."

준석이는 휴대전화에 여자 친구의 전화번호 저장 이름을 '마누라'로 바꿨다. 늘 내 옆에 있는 편안한 사람, 둘의 사랑이 그렇게 무르익는 줄도 모르고 옛날의 어린 사랑만 그리워했던 거다.

엄마아빠처럼, 공기처럼, 밥처럼 고맙지만 드러나지 않고 절실히 필요하지만 당연한 듯 누리는 사랑, 남녀 간의 사랑은 그렇게 변해간다.

"여자 친구를 보면서 고마운 마음이 든다면 너도 사랑에 철이 든 거야. 그런 마음으로 사랑해야지. 언제까지 두근거리는 사랑만 찾을래? 응?"

준석이는 실실 웃으며 돌아갔다. 여자 친구를 만나러!

사랑에 빠져 있는 게 전부는 아니다.
사랑은 변한다.
더 멋지게 일하면 발효된다.
열정에서 우정으로 또 동행으로.

episode 14

우리 아빠 같은 사람만 아니면 돼

청소년들의 마음속에 내가 바라는 배우자의 모습, 내가 꿈꾸는 가정의 틀이 잡히는 데는 부모의 영향이 가장 크다. 서로 아끼는 부모의 모습은 물론, 부부 사이에 문제가 생겼을 때 해결해가는 과정 또한 자녀들에게 큰 의미가 된다. 무언가 부족한 부모를 보며 자란 아이들은 '우리 아빠 같은 사람은 안 만날 거야' 같은 다짐을 한다. 그렇다고 완벽한 부모를 둔 자녀라고 해서 마냥 좋은 것도 아니다. 마음속에 '우리 엄마 같은 사람 만나야지'를 품고 살다 보니 누구를 만나도 만족스럽지 않고, '우리 아빠는 이렇게 하는데' 하며 상대방에게 부모의 모습을 기대한다.

부모의 영향을 받으며 지금까지 살아왔으니 당연한 일이다. 하지만 부모로부터 독립을 원하는 청소년기, 자기만의 사랑을 시작하는 청소년기에는 그렇게 형성된 이상형의 틀을 조금씩 다듬어가야 한다.

화영이가 남친과 싸웠다며 투덜거린다.

"뭐 싸웠다고 할 수도 없어요. 만날 저 혼자 짜증 부리다 끝나니까."

화영이의 남친은 유들유들 성격 좋은 순둥이다. 화영이가 짜증을 부리거나 투덜거려도 헤헤 웃으며 넘어간다.

"그런 애랑 사귀면 싸울 일도 없지 않니? 뭘 가지고 만날 짜증을 부리는 거야? 그렇게 착한 애가 또 어디 있다고."

"그러니까요. 그런데 그 착한 게 싫어요."

"착한 게 싫어?"

"네. 저한테 잘해주고 뭐 다 좋은데, 좀 사람 사귀는 재미가 없어요. 내가 뭐 하자 그러면 다 좋다고 하고, 뭐 먹을 거냐고 물어봐도 '너 먹고 싶은 거 먹자' 그러고 항상 그런 식이에요. 난 이게 좋다 저게 좋다 뭐 이런 게 있어야 되는 거 아니에요? 왜 내가 하자는 대로만 하냐고 네 생각도 좀 말해보라고 그러면 그냥 또 웃어요. 아, 진짜 답답하다니까요."

그래서 화영이는 남자 친구를 만나도 늘 심심하다고 했다. 서로 먹고 싶은 게 다르면 가위바위보 같은 걸 해서 메뉴를 정하고, 별일 아닌 걸로 말다툼도 하고 화해도 하면서 정도 들고 하는 건데 그렇지 않다는 거다.

"아이고, 별게 다 불만이다. 그냥 네가 좋으니까 너 하자는 대로 하는 게 다 좋은 거지. 꼭 다른 걸 해야 좋은 건 아니잖아? 네가 성질 더러운 남자 안 만나 봐서 배부른 소릴 한다. 앙?"

이 정도라면 행복에 겨운 사랑 싸움의 일종이라 할 수 있겠다. 그런데 어느 날은 화영이가 제법 심각한 얼굴로 이야기했다.

"저한테 무표정으로 얘기하는 거 처음 봤어요. 집에 데려다 주고도 그냥 '들어가라' 하고 가는 거예요. 헤어질 때마다 우리끼리 하는 인사가 있거든요. 그것도 안 하고."

"무슨 일인데?"

"특별히 어떤 일이 있었던 건 아닌데요. 제가 한 말에 기분이 나빴던 거 같아요."

그날 저녁 독서실에서 나오면서 편의점에 들렀다고 했다. 간식을 고르고 있었는데 남자 친구가 딸기우유를 계산대 위에 올려놓았단다. 그래서 무슨 남자가 애처럼 딸기우유냐고 콜라나 뭐 딴 거 먹으라고, 우유가 먹고 싶으면 흰우유 먹으라고 했다는 거다. 거기서부터 남자 친구의 표정이 좋지 않았다.

"그럼 딸기우유 못 먹어서 삐진 거야?"

"그럴 거 같지는 않은데, 평소에도 제가 먹자는 거 먹거든요."

물음표를 한가득 안은 채 며칠이 지나서야 화영이는 이유를 알게 됐다. 남자 친구가 보내온 메시지에는 그동안 화영이가 무슨 실수를 했는지를 돌아보게 했다.

'네가 원하는 남자다운 남자는 어떤 건데?'

화영이는 가슴이 철렁 내려앉았다. 생각해보니 그런 순간이 많았던 거다. 옷을 살 때도 그랬고, 샤프가 고장 났을 때도 그랬다. 무슨 남자가 그런 옷을 입느냐, 남자가 이런 것도 하나 못 고치냐, 남자답지 못하다, 남자가 약해 빠졌다고 말했다. 뭐든 다 받아주는 남자 친구 앞에서 긴장이 풀어진 화영이는 남자의 자존심까지 흔들어버린 거다. 한두 번은 농담으로 듣다가 계속 이어지니 남자 친구도 심각해질 수밖에 없는 것이다. 화영이도 심각해졌다.

"왜 그런 말을 한 거야?"

그저 말실수라고 하기에는 지나치게 반복적이고 의도적이었다. 화영이는 한숨을 뿜어댔다.

"우리 아빠 때문인 거 같아요."

"아빠?"

"네."

"아빠가 왜?"

얼른 연결이 되지 않았다. 아빠가 남자다운 남자를 데려오라고 잔소리라도 한단 말인가.

"우리 아빠가 되게 착하거든요. 뭐 좋게 말하면 착한 거지요. 그냥 착하기만 해요."

화영이. 말에 의하면 화영이 아빠는 거절을 못하는 사람이다. 누가 뭐라 해도 허허 웃고 넘어간다. 보증을 서준 적도 몇 번이나 되고, 그 문제를 해결하느라 엄마는 이래저래 골치가 아프다고 했다.

"회사 다니는 거 말고는 할 줄 아는 것도 없어요. 벽에 못도 하나 제대로 못 박고요. 엄마가 요리하다가 병뚜껑 같은 거 열어달라고 하잖아요. 그런 것도 못 열어요. 집에 뭐가 고장이 나도 아무것도 몰라요. 얼마 전에는 프린

터기를 새로 사서 노트북에 소프트웨어를 깔아야 되는데 그것도 못해서 제
가 해줬다니까요."

그런 아빠 덕분에 엄마는 못하는 게 없는 슈퍼우먼이 되었다. 아빠가 여
기저기 빌려준 돈을 받으러 다니는 것도 엄마, 벽에 못을 박는 것도 엄마, 주
차 문제로 이웃과 다툼이 났을 때도 엄마가 해결했다. 엄마는 자꾸자꾸 힘이
세지고 목소리도 커지는데 아빠는 계속 작아지고 있었다. 화영이는 그렇게
억척스러워지는 엄마가 안쓰럽다고 했다.

"어릴 때부터 아빠가 좀 남자다웠으면 좋겠다고 생각했었어요. 다른 집 아
빠들처럼 아빠가 힘든 일을 해주면 엄마도 예쁘게 나이 들었을 거 같아요."

어릴 때부터의 바람은 언젠가부터 다짐으로 바뀌었다.

"절대 우리 아빠 같은 사람은 안 만날 거라고 생각했어요. 남자답고 능력
있고 가족을 보호해줄 수 있는 남자 만날 거라고요."

그랬으니 늘 헤헤 웃는 남자 친구가 불안했던 것이다. 단지 사랑투정이
아니었던 거다. 혹시 이 친구가 우리 아빠 같은 사람은 아닐지 신경이 곤두
섰던 거다. 게다가 딸기우유며, 예쁘장한 옷차림이며 뭔가 남자답지 못한 모
습이 보일 때면 자기도 모르게 표독스러운 말로 남자 친구를 몰아세웠다.

"어서 남자 친구한테 미안하다고 문자 보내. 그리고 다음에 만나면 지금
했던 이야기들 다 해줘."

"다요?"

"어, 못할 거 뭐 있어."

"우리 아빠 얘기까지요?"

"당연하지. 그게 제일 중요한 얘긴데, 그래야 널 이해할 수 있을 거 아냐."

"하긴……."

"그럼 남자 친구가 뭐라 그럴까?"

"괜찮다고 하겠지요."

"그러겠지. 이런 게 네가 바라던 거 아니야? 서로 이야기 나누고 토닥여주고 그러면서 정 드는 거."

"하~."

사랑을 하다 보면 나도 몰랐던 나의 모습을 만날 때가 종종 있다. 나와 다른 사람을 사랑하고 그 사람을 거울삼아 들여다보는 나의 문제들, 그 부끄러움을 함께 나누고 해결해나가는 것이 사랑의 진짜 재미 아닐까.

며칠 후 화영이는 한결 밝아진 표정이었다.

"잘 해결했어?"

"네."

"남자 친구가 뭐래?"

"그런 줄 몰랐다고. 솔직하게 얘기해줘서 고맙다고요."

"그런 게 남자다운 거야. 쪼잔하게 따지지 않고 그냥 다 받아주는 거. 더이상 어떻게 남자답니?"

화영이가 히죽 웃는다. 화영이는 처음부터 다시 남자 친구를 만나기 시작해야 할 거다. '우리 아빠 같은 사람만 아니면 되'라는 강박관념 속에서 남자친구를 있는 그대로 사랑하지 못했었으니까. '혹시 얘도?'라는 조바심 때문에 그 친구만의 매력과 좋은 점들을 발견할 겨를이 없었을 거다.

　누구나 겪을 수 있는 사랑의 시행착오다. 화영이는 이렇게 또 한 번 성장하게 되는 것이다. 혹시 내 마음 속에는 부모의 영향으로 형성된 왜곡된 이상형이 들어앉은 건 아닌지 살펴보자. 조금씩 다듬고 키워서 나만의 사랑을 완성해나가길, 세상의 모든 화영이에게 응원의 박수를 보낸다.

이래서 저 사람이 좋아.
저래서 저 사람이 싫어.
그런 기준은 어디서부터 왔을까?
부모, 성장 과정, 사회 분위기 등등
사랑에 간섭하는 요소는 생각보다 많다.
그 사람이 좋은데 뚝 떨어지는 이유가 필요할까?
'그냥' 좋으면 되는 거다.
그 사람을 만나보니 비로소 알게 되는 나의 이상형!
그게 진짜 이상형인 거다.

사랑과 우정

같은 아파트에 사는 승희와 지원이는 어린이집부터 고등학교까지 같이 다니고 있다. 둘도 없는 단짝 친구가 될 만한 조건을 갖추긴 했지만, 속사정은 그렇지 않다. 초등학교 때부터 전교 1등 자리를 지키는 지원이는 승희에게 스트레스의 대상이었고, 지원이는 승희의 서글서글한 성격과 리더십을 샘냈기 때문이다. 공부 잘하는 게 최고인 대한민국의 교육 분위기 속에서 승희는 지원이를 이길 수 없었다.

"성격 좋으면 뭐해요. 그냥 어른들이 저 기죽지 말라고 하시는 말씀일 거예요. 지원이는 진짜 독해요. 뭐 걔네 부모님도 워낙 훌륭하니까. 초등학교 때는 우리집에 놀러 와서도 자기 학습지를 가져와서 풀었다니까요. 딱 그 시간이 되면 공부를 해요."

경쟁심과 질투, 자존심이 엇갈리는 중에도 둘은 친구였다. 사는 곳이 같으니 등하굣길이 겹치는 날이 많았고, 성적에 민감하면서도 봉사활동이나 수행평가를 서로 챙기고 도왔다.

"엄마들끼리도 워낙 친해요. 박물관 같은데 견학가는 거나 뭐 그런 체험 활동 숙제가 있잖아요. 그러면 꼭 지원이네랑 같이 가요."

이렇게 살가운 친구 사이에 찬바람이 불기 시작한 건 고등학교에 입학하면서부터였다. 승희에게 남자 친구가 생긴 거다. 어릴 때부터 알고 지낸 준우였다. 승희는 물론 지원이에게도 식구만큼이나 편하고 익숙한 동네 친구다. 어릴 때는 시커먼 얼굴에 여기저기 지저분한 걸 묻히고 다니는 덜렁이였는데 사춘기를 지내면서 키도 얼굴도 멋진 남자 티가 났다. 준우가 승희를 좋아하는 낌새를 가장 먼저 알아챈 것은 눈치 100단인 승희 엄마였다.

"승희 방 컴퓨터에 채팅 창이 커져 있더라고요. 내가 들어가면 창을 닫든지 화면을 끄든지 평소에는 잘도 그러더니만 그날따라 열려 있길래 봤죠. 석현이랑 대화를 하던 중이었는데 준우 뉘앙스가 좀 그렇더라고요. 어수룩하게 공부만 하는 줄 알았는데 아니더라고요."

준우의 마음은 승희, 지원이와 함께 있을 때에도 티가 났다. 지원이도 눈치를 차리고는 둘을 멀리하기 시작했다.

"준우가 아침마다 집 앞으로 데리러 와요. 엘리베이터에서 지원이를 만날 때가 많거든요. 그럼 같이 내려왔다가도 준우가 있으면 지원이가 먼저 간다고 그러고 혼자 가버려요."

"어차피 다 같은 학교 아니야? 그냥 같이 가도 되잖아."

"그래도 되는데요. 지원이는 되게 친한 친구 아니면 낯을 좀 가리거든요.

또 제 남자 친구니까 더 그런가 봐요."

혼자 학교를 가면서 지원이는 무슨 생각을 했을까. 여전히 전교 1등. 전교 생의 부러움을 받는 실력자이지만 여성스러움의 매력을 더해가는 승희를 보며 이전에는 몰랐던 묘한 착잡함이 느껴졌으리라.

커갈수록 지원이보다는 승희가 예뻐졌다. 지원이는 무표정한 얼굴에 자그마한 키, 깡마른 체구로 또래 남자아이들의 눈길을 끌지 못했다. 반면 승희는 늘 생글거리는 얼굴에 평균 이상의 키, 늘씬한 몸매로 항상 인기가 많았다. 같은 교복이었지만 승희는 맵시가 나도록 수선을 해서 입었다. 준우뿐 아니라 동네에서 알고 지내던 남자아이들도 승희에게만 관심을 보였다.

그 모습을 보는 지원이는 힘이 빠질 수밖에 없다. 승희가 지원이의 공부를 이길 수 없었듯이 이 또한 지원이가 승희를 이길 수 없는 부분이다. 지원이는 승희를 피하기 시작했다. 승희는 두세 달쯤 만나다 준우와 헤어졌지만 지원이와의 관계는 좋아지지 않았다. 둘 사이의 냉랭함은 승희 엄마에게도 느껴질 정도였다.

"워낙 스타일이 달랐어요. 그래도 어릴 때는 그럭저럭 어울렸는데 커갈수록 어쩔 수 없더라고요. 고등학생이 되니까 서로 공부하기 바쁘고 어릴 때만큼 자주 만나지 못하기는 해요. 그래도 이렇게 친구 사이가 멀어지는 건 너무 아깝잖아요."

뭐든 지기 싫어하는 지원이 성격에 '남자 친구'라는 열등감은 이상하고 막막한 문제였으리라. 한번도 안 해본 멋부리기를 배워서 할 수도 없는 일이고, 노력한다고 남자 친구가 생기는 것도 아니니 지금까지 지원이가 살아왔던 논리로는 해결되지 않는 문제가 아닌가. 처음 겪어보는 좌절감에 지원이는 그 원인 제공자인 승희를 잘라내는 방법을 택한 거다.

'학생'은 그저 공부만 잘하면 되지만 인생은 성적표 한 가지로만 살아낼 수 없는 법이다. 학생이기도 하고 남성·여성이기도 한 '사람'이란 존재는 남성스럽고 여성스러운 매력도 필요하다. 그것은 학생이기도 하고 자녀이기도 한 청소년들이 공부에 충실함과 동시에 부모님 말씀을 잘 따라야 하는 것과 같은 맥락이다.

학생으로서 공부 잘하고 싶은 욕망이 있듯, 점점 성인의 모습을 갖춰가는 청소년들은 사랑받고 싶은, 사랑하고 싶은 본능이 강해진다. 상대방의 남성스러움, 여성스러움에 끌리는 것도 자연스러우며, 자신의 외모와 인기에 신경을 쓰는 것도 자연스럽다. 그러니 지금까지 공부만 하던 지원이가 승희 앞에서 작아지는 것도 자연스러운 성장의 모습이다.

이성 친구가 막 생기기 시작하는 청소년기에는 사랑과 우정 사이에 혼란이 빚어지기도 한다. 이성 친구와 붙어다니느라 바빠 동성 친구들과의 관계가 소원해지거나, 친구의 이성 친구를 좋아하면서 갈등이 생기거나, 승희와 지원이처럼 이성 친구가 생긴 친구에게 질투를 느껴 친구를 멀리 하는 경우들이다. 즉 사랑으로 인해 우정이 흔들리는 거다.

이 또한 사랑하며 배우고 해결해야 할 문제다. 우정을 지키기 위해 사랑을 떠나보낸다느니, 사랑을 지킬 수 있다면 친구도 가족도 포기할 수 있다느니, 드라마 주인공인 양 흑백논리에 빠져서는 곤란하다. 사람의 마음이 얽혀 있는 일이니 칼로 무 자르듯 단번에 해결되지는 않을 거다. 말보다 기다림이 필요하다. 그 시간은 수년이 걸릴 수도 있다.

"네가 뭘 잘못한 건 아니잖아. 지원이가 그냥 숨어버린 거지."

"그렇긴 한데, 불편하잖아요. 계속 마주치는데."

"어쩔 수 없지 뭐. 그냥 어색하게 인사하면서 지내. 시간이 약이야. 대학 가기 전까지 지원이는 다른 문제에 신경 쓰고 싶어 하지 않을 거 같은데?"

"맞아요. 그리고도 남아요. 독한 것!"

"지원이도 그러면서 크는 거야. 외로움도 느껴보고, 질투도 느껴보고 그러면서 자기 자신도 들여다보고 그러는 거지. 태어나서 한번도 누구한테 져본 적이 없잖아."

남자, 여자 구분 없이 섞여 놀던 꼬마에서 이성에 대한 인식과 관심이 생기는 청소년기를 거치다 보면 그간의 우정과 새로 피어나는 사랑 사이의 헷갈림이 생긴다. 준우와 승희의 우정은 사랑이 되었고, 둘의 사랑으로 승희와 지원이의 우정은 서먹해진 것처럼 말이다. 이 과정을 지혜롭게 넘기는 방법을 배우는 것 또한 청소년기의 과제이리라. 우리의 몸이 성숙해지듯 마음 속 사랑과 우정도 성숙해가는 단계인 것이다.

1학년을 지나 2학년, 3학년이 될 때까지 승희는 두 명 정도 남자 친구를 더 만났다. 늘 남자아이들의 관심을 받았지만 적절히 견제하는 법도 익혀가는 듯 보였다. 지원이는 언제나처럼 야무지게 공부했으며 전교 1등 자리를 놓치지 않았다. 그러나 3학년이 다 가도록 인사는 하지만 전처럼 친하지는 않은, 둘 사이는 미지근했다.

훗날 지원이에게도 남자 친구가 생기면 승희와의 관계가 풀어질까? 서로의 남자 친구 흉을 보며 어릴 때처럼 시간 가는 줄 모르고 수다판을 벌이게 된다면 좋겠다. 시기에 차이가 있을 뿐 사람 사는 모습은 모두 비슷하다. 그러니 지원이는 괜히 승희 앞에서 기죽지 말기를, 지금까지 공부에 쏟았던 열정을 허무해하지 말기를, 승희는 괜히 지원이에게 미안해하지 말기를, 기죽은 지원이를 보며 고소해하지 말기를 바란다.

성장기 내내
공부, 성적, 대학에 몰두한 나머지
매력적인 사람이 되어야 한다는 사실을
잊어버린 게 아닐까.
인생은 공부 한 가지로만 살아낼 수 없는 법이다.
어른 될 준비로 정신없는 청소년들이여,
멋진 어른이 되고 싶다면
사랑하고 사랑 받기에 충분할 만큼
몸도 마음도 아름다움으로 가득해야 함을 기억하자.

episode 16

내가 좋아하는 사람 vs.
나를 좋아하는 사람

"선생님은요, 나를 좋아하는 사람이랑 내가 좋아하는 사람이 있다면 어느 쪽을 택할 거예요?"

난데없이 승혜가 질문을 던졌다.

"음, 난 둘 다 별론데."

"어 정말요? 선생님만 답이 다르네요. 제 친구들은 다 자기를 좋아해주는 사람이 좋대요."

"갑자기 그건 왜 물어봐?"

"그냥요."

"넌 어느 쪽이 좋은데?"

"잘 모르겠어요. 중학교 때부터 계속 짝사랑만 해가지고 진짜 서러웠거든요. 누구든지 날 좋아해주는 사람이 있으면 그냥 사귈 거라고 막 그랬었는데, 요즘은 잘 모르겠어요."

뭔가 비슷한 고민을 하는 모양이었다. 문득 승혜의 휴대전화에서 동아리 후배와 함께 찍은 사진을 봤던 기억이 났다.

"그 동아리 후배 때문이야?"

"네."

"네가 좋아하는 사람이야, 아니면 너를 좋아하는 사람이야?"

"걔가 절 좋아해요."

"오~ 귀여운데? 그럼 걔랑 사귀는 거야?"

"아, 그런 말 하지 마세요. 하나도 안 귀여워요."

승혜는 얼굴을 찌푸렸다. 누군가 날 좋아한다는 사실을 알게 되면 가슴이 터질 것 같은 설렘이 있는가 하면 이렇게 김빠지는 경우도 있다.

"왜 싫어?"

"싫은 건 아닌데요. 그냥 뭐 아무런 감정이 없어요."

"동생이라 그런가? 어려서 남자로 안 보이는 거야?"

"그건 아니에요. 상큼한 후배들이 얼마나 많은데요. 하필 그런 애가 꼬여 가지고."

반면 그 후배는 승혜를 지극 정성으로 좋아했다. 노트 한가득 온갖 색깔 펜을 동원해 편지를 써주는가 하면, 귀찮아서 같은 노래만 계속 듣고 있는 승혜를 위해 휴대전화에 좋은 노래들을 업그레이드해주기도 한다. 생일날 에는 갑자기 불러내 촛불을 켠 케이크를 내미는가 하면, 시도 때도 없이 예 쁘다고 칭찬해주기, 매일 집 앞까지 데려다 주기 등등 승혜의 친구들이 모두

부러워할 만했다. 문제는 승혜의 마음이다.

"저도 신기해요. 나한테 잘해주고 계속 만나다 보면 싫던 사람도 좋아지고 그러지 않아요? 그런데 걔한테는 그런 마음이 안 생겨요. 저는 걔한테 아무것도 안 해주는데, 마음도 없으면서 계속 만나는 게 좀 이기적인 거 같기도 하고 그래요."

승혜는 약간의 죄책감을 느끼면서도 그저 심심풀이 땅콩쯤으로 그 후배를 만나고 있었다. 독서실에서 공부하다가도 밤에 무서우니 집에 데려다 달라고 불러내는가 하면, 옷 사러 갈 때도 예쁘다는 말을 듣고 싶어 그 후배와 함께 갔다.

"그냥 다 좋다고 하니까 같이 있으면 편해요."

후배의 카톡 사진은 승혜와 함께 찍은 사진이다. 승혜가 당장 바꾸라고 날뛰었지만 그것만큼은 물러나지 않았다고 했다. 여자 친구 생기면 제일 먼저 해보고 싶은 거였다는 거다. 승혜는 그동안 부려먹은 게 미안하기도 해서 그냥 두었단다. 이제 누가 보아도 둘은 사귀는 사이다, 승혜의 마음과 상관없이. 그러다 얼마 전에 약간의 일이 일어났다.

"토요일에 영화를 보기로 했었거든요. 햄버거 먹고 나와서 영화관 쪽으로 가는데 걔가 손을 잡자고 그러는 거예요. 그래서 얼떨결에 잡긴 잡았는데 좀 이건 아니라는 생각이 드는 거예요. 마음도 없는데 손만 잡으면 뭐해요. 아 그리고 손을 잡으면 그것도 나름 스킨십인데 좀 두근거린다거나 뭐 그래야 되는 거 아니에요? 진짜 무슨 나무토막 잡는 것처럼 아무 느낌 없었어요."

영화를 보고 집으로 돌아오며 승혜는 뭔가 이 애매한 상황을 정리해야겠

다는 마음을 먹었다.

"호영아, 우리는 무슨 사이야?"

"우리? 좋은 사이지."

승혜의 진지한 물음에 후배는 싱글싱글 웃으며 대답했다.

"우리 너무 자주 만나지 말자."

"왜?"

"그냥. 이제 공부도 해야 되고, 너도 나 말고 다른 여자 친구 만나야지."

승혜는 그냥 아무 이유나 둘러댔다.

"난 누나가 좋은데?"

"……."

몇 마디로 모든 걸 알아버린 걸까. 아니면 이미 알고 있던 걸 확인하는 충

격이었을까. 후배는 잡고 있던 손을 놓았다. 그날 이후 승혜는 후배를 재미

삼아 불러내지 않았다. 생각해보니 후배가 먼저 승혜를 만나자고 한 적은 거

의 없었다. 후배 입장에서는 승혜가 참으로 잔인했으리라. 이따금씩 후배로

부터 오는 메시지는 감기 조심, 눈길 조심, 열공 등등 따뜻한 안부 인사였으

며, 여전히 특유의 발랄함이 가득했다.

"허전하지 않아?"

"허전하다기보다는 좀 미안하기는 해요."

짝사랑에 가슴을 태워본 사람이라면 누구나 '날 좋아하는 사람이 나타나

면 그냥 받아줘야지. 힘들게 하지 않고'라는 생각을 해봤을 거다. 그 답답함, 야속함, 내 마음을 몰라주는 상대방이 미우면서도 어쩔 수 없는 강렬함. 그런데 막상 자신이 그 입장이 되고 보니 그럴 수가 없는 거다.

"네가 짝사랑을 할 때 말이야. 그 상대방도 그랬을 거야. 미안하고 고마우면서도 어쩔 수 없는 거. 좋아하는 감정은 억지로 생기는 게 아니니까. 외로울 때는 그저 몇 번 만나면서 상대방을 헷갈리게 하는 이기적인 마음도 있겠지."

"헐! 맞아요, 진짜."

승혜는 이제야 알겠다는 듯 두 손으로 얼굴을 문질러댔다.

나를 좋아하는 사람과 내가 좋아하는 사람, 어느 쪽이 좋을까. 그래도 나를 좋아해주는 사람과 함께 해야 행복할까? 내가 좋아하는 마음이 있어야 행복한 것이니 내가 좋아하는 사람이 나을까. 누구나 가끔씩 해보는 고민이지만 둘 중 어느 쪽도 내 짝은 아니다. 사랑은 혼자 하는 게 아니기 때문이다. 그 후배에게는 안됐지만 둘은 어쩔 수 없다. 다만 조금 더 빨리 승혜가 마음을 전했다면 좋았을 거다.

"누가 날 좋아한다고 하면 함부로 대하게 되지. 너도 그랬을 거야. 그래서 미안한 거고."

"(끄덕끄덕)."

"그 후배는 누나가 자기를 갖고 놀았다고 생각할 수도 있잖아?"

"그럴 수도 있어요. 워낙 착한 애라 안 그럴 수도 있고."

청소년들은 이성 친구가 있다는 사실, 누군가 나를 좋아한다는 사실을 과시하고 싶어 한다. 마음에도 없으면서 적당히 관계를 유지하는 것도 그 때문이다. 하지만 사람을 만날 때는 항상 진실해야 한다. 승혜와 같은 입장이 된다면 직접 만나* 솔직한 마음을 이야기하기를 바란다. 질질 끌며 상대방의 마음을 휘젓는 것은 예의가 아니다.

그렇게 겨울방학이 지나고 새학기 첫 동아리 모임이 있었다. '후배 얼굴을 어떻게 보나. 이제 3학년인데 그냥 나가지 말까. 그래도 첫 모임 때는 나가야 할 텐데'라는 생각이 많았던 승혜와 달리 후배의 표정은 특유의 미소로 가득했다.

"잘 지냈어요?"

"어, 너도 잘 지냈지?"

"네. 이제 3학년이네요."

"그러네."

"그래도 동아리 모임에 가끔 나오세요. 너무 안 보이면 궁금하잖아요."

"그래, 그래야지. 이제 신입회원들 뽑고 바쁘겠네?"

"네. 재밌을 거 같아요. 나 동아리 면접 볼 때 누나 처음 봤었는데. 그때 누나 진짜 무서워 보였었어요."

★ 메시지나 전화는 삼가하자. 사랑이든 일이든 중요한 이야기는 직접 만나서 해야 한다. 의사소통에서 말로 전달되는 것은 7%에 지나지 않기 때문이다(나머지 중 55%는 표정과 몸짓으로, 38%는 억양과 말투로 전달된다).

"그 와중에 누가 있었는지 생각이 나?"

"다는 안 나는데 누나는 기억해요. 나중에 친해지고 보니까 참 좋은 누나 였어요. 속 깊고, 멋있고……."

그때 저 멀리서 누가 후배의 이름을 불렀다. 눈인사를 하고 후배는 뛰어 갔다. 후배는 승혜를 처음 본 날부터 지금까지 승혜에 대한 좋은 마음을 품 고 있는 듯했다. 원망도 분노도 없이 그저 덤덤히.

서툰 사랑의 경험을 통해 승혜는 또 한번 성장했다. 사랑받는 것도 사랑 하는 것만큼이나 진지해야 한다는 걸 알았고, 내가 사랑했던 사람들의 마음 도 이해하게 되었다. 또다시 누군가 승혜를 좋아하게 된다면 그 후배에 대한 미안함이 생각나서라도 함부로 행동하지 않을 것이다. 승혜가 누군가를 좋 아하게 된다면 무작정 그 사람을 곤란하게 하지도 않을 것이다.

승혜는 아직도 그 후배에 대한 미안한 마음을 가지고 있다. 쉽게 지워지 지 않으리라. 자신을 키운 좋은 경험이니 좀 오래 간직해도 좋을 것이다. 누 구나 실수를 한다. '내가 왜 그랬을까'라는 한탄을 통해서도 배우는 점이 있 으니 얼마나 다행인가. 사랑하며 배우자.

'어장관리'는 알도 안 된다.
오해와 질투, 심란함을 조장하는 건
사람이 할 짓이 아니다.
내 어장에 들어 있는 사람들의 마음이 어떨지
헤아려본 적 있는가.
그 사람들은 알지도 못하는데
나 혼자 어장관리를 한답시고 주책을 부리는 건 아닌가.
오상한 방법으로 사람들을 내 곁에 묶어두느니
차라리 외롭다고 솔직히 얘기하자.

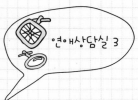

연애상담실 3

이성 친구 사귀면 정말 성적이 떨어질까요?

Qustion: 친하게 지내는 남학생이 있습니다. 초등학교 때부터 알던 사이고 같은 동아리에 학원도 같이 다녀서 자주 만나게 되요. 둘이 같이 다니는 모습이 몇 번 눈에 띄어 동네 아주머니들 사이에 말이 돌았나 봅니다. 엄마 귀에 둘이 사귀느냐고 묻는 말이 들어가면서 아주 피곤해졌어요. 그냥 가는 길이 같으니까 같이 간 것뿐이라고 아무 사이도 아니라고 아무리 말씀드려도 통하지 않습니다. 같이 다니지 말라는 거예요. 그러다 보면 정들고 사귀는 건 시간문제라고요. 제 성격에 남자 친구 사귀면 밖으로 나돌고 성적 떨어질 게 뻔하다고 하십니다. 지금은 특별한 관계가 아니지만 남자 친구로 사귀어도 괜찮은 아이라고 생각하고 있어요. 남자 친구를 사귀면 정말 성적이 떨어질까요?

"이성 친구에 정신이 팔려 성적이 뚝 떨어지는 경우가 있기는 하지만 정신이 팔릴 대상은 이성 친구는 물론 동성 친구, 게임, 텔레비전, 연예인,

판타지 소설 등 얼마든지 있습니다.

문제는 이성 친구가 아니라 정신이 팔렸다는 것이고, 정신이 딴 곳에 과도할 정도로 팔려 있다는 것은 나의 마음과 상황에 무언가 문제가 있다는 뜻이죠."

answer:

하늘을 나는 비행기에서 떨어진다면 어떨까요. 극심한 스트레스의 상황에 심장은 쿵덕쿵덕 우리 몸과 마음은 정상이 아닐 것입니다. 스페인에서 실제로 실험을 해보니 놀랍게도 이 스트레스 정도는 남성들이 5분 동안 미녀와 함께 있었을 때 받은 스트레스와 같았다고 합니다.

EBS 다큐멘터리에서 비슷한 실험을 했습니다. 남학생들에게 아주 간단한 미션을 주었지요. 미션 내용은 각각 작은 방에 들어가 5분 동안 책을 읽는 것이었습니다. 문을 열고 방에 들어간 남학생들은 조금 당황하게 되는데 방 안에는 긴 머리의 단아한 여학생이 책을 읽고 있었습니다. 남학생이 앉을 책상은 여학생 바로 옆자리에 나란히 배치되어 있고요. 여학생 옆에 앉은 남학생들은 5분 동안 어떤 반응을 보였을까요.

남학생들은 제대로 책을 읽을 수가 없었습니다. 앞에 보이는 거울★을 보며 머리를 만지작거리는가 하면 마른 침을 삼키고, 입술을 깨물기도 했죠.

★ 관찰 카메라를 두기 위한 장치. 방에서는 거울로 보이지만 반대편은 유리로 되어 있다.

책을 접었다 펼쳤다, 이리저리 들추며 제대로 읽지 못했어요. 실험에 참가했던 남학생들은 눈으로는 책을 보고 있었지만 집중이 잘 되지 않았다고 합니다. 반대로 남학생과 같은 방에 있었다면 어땠을까요?

"남학생하고 있었다면요? 책을 완전 팠겠죠."

실험 참가자들 중 절반은 남학생들과 책을 읽게 했습니다. 실제로 학생들은 옆에 누가 있건 말건 열심히 책을 읽었습니다.

실험이 끝난 후 학생들의 침 속에 있는 코르티솔 수치를 측정했습니다. 코르티솔은 스트레스 정도를 나타내는 호르몬으로 코르티솔 수치가 높으면 스트레스를 많이 받았다고 볼 수 있죠. 결과는 흥미로웠습니다. 남학생들과 책을 읽은 참가자들의 침 속 코르티솔 수치는 눈에 띄게 내려간 반면, 여학생들과 책을 읽은 참가자들은 크게 증가했습니다.

언뜻 이 실험을 보면 이성 친구가 학업에 방해가 될 수 있겠다는 생각이 들기도 합니다. 실험의 논리대로라면 남녀공학보다 남학교, 여학교로 나뉘어 있어야 훨씬 공부를 잘해야 하고, 예쁜 선생님이 담당하는 교과는 성적이 떨어져야 할 것입니다. 하지만 인간이란 그렇게 단순한 존재가 아닙니다. 그 순간에는 책에 집중할 수가 없겠지만, 이성에게 잘 보이기 위해 집에서 책의 내용을 완전히 공부해올 수도 있는 일이죠. 두근두근 호들갑을 떨다가도 이성적인 두뇌가 상황을 파악하고 나면 곧 상대방에게 잘 보이기 위한 전략을 세우기 때문입니다.

멋진 이성에게 끌리는 것은 지극히 건강한 본능이에요. 우리 학교 킹카도, 여신 같은 선생님도 처음 볼 때야 정신이 없겠지만 매일 보면 무뎌지죠. 이성 간의 끌림은 강한 에너지이지만 통제할 수 없는 것은 아닙니다. 오히려 서로를 변화시키고 발달시키는 자극제로 여겨야 해요. 그러니 이성교제가 학업에 방해된다는 편견은 버려야 합니다.

사실 이성교제와 성적은 아무 상관이 없습니다. 이성 친구에 정신이 팔려 성적이 뚝 떨어지는 경우가 있기는 하지만 정신이 팔릴 대상은 이성 친구는 물론 동성 친구, 게임, 텔레비전, 연예인, 판타지 소설 등 얼마든지 있죠. 문제는 이성 친구가 아니라 정신이 팔렸다는 것이고, 정신이 딴 곳에 과도할 정도로 팔려 있다는 것은 나의 마음과 상황에 무언가 문제가 있다는 뜻입니다. 누구나 힘들고 흔들리고 공부하기 싫을 때가 있지요. 마침 그때 만나고 있는 이성 친구는 이 모든 죄를 뒤집어쓸 가능성이 높을 뿐입니다.

고민을 의뢰해온 학생도 마찬가지 아닐까요. 부모님은 평소 학생의 생활 태도, 친구들 만나느라 할 일을 미루는 성격 등 평소 걱정스럽게 생각하는 것이 있었는데 마침 동네 아주머니들이 이성 친구에 대한 이야기를 하니 애초에 문제가 커질 뿌리를 잘라내고 싶은 것입니다. 혹시 주변에 이성 친구를 잘못 사귀어서 낭패를 본 이야기를 들었을 수도 있지요.

사랑에는 책임이 따르는 법입니다. 사랑을 지키고 싶거든 나를 먼저 지켜야 합니다. 내 생활, 내 성적이 흐트러짐이 없어야 내 사랑도 안전할 수 있겠죠. 지금은 이성 친구를 반대하는 부모님이 답답하게 여겨질 수도 있어요. 부모님이 야속하기도 하고 한편으로는 '이성 친구가 생기면 정말 성적이 떨어질까?' 걱정이 되기도 할 겁니다. 하지만 먼저 스스로를 돌아볼 필요가 있어요. 부모님이 불안해하실 만큼 자기관리에 소홀했던 면이 있었을 테니까요.

다른 사람 눈에 띨까 눈치 보며 일부러 떨어져 다니는 것은 불편하고 어색할 것입니다. 스스로를 살피는 마음으로 행동을 분별하세요. 그 친구와 사귀기를 바라는 마음이 있다면 더욱 조심해야 합니다. 내 공부와 생활을 야무지게 챙기는 습관이 먼저 만들어져야 하니까요.

우린 앞으로도 대학생이 되고 사회인이 되며 사랑과 공부, 사랑과 일을 함께하게 될 것입니다. 일에 빠져 사랑을 못하는 사람도 있고 사랑에 빠져 하던 공부를 그만 두는 사람도 있지요. 하지만 사랑은 일상적이고 조화로운 것이어야 합니다. 매번 무언가 하나를 포기하며 살 수는 없으니까요. 이제 사랑을 배우고 시작하는 단계이니 내 생활과 공부에 사랑을 더하는 연습도 시작하기 바랍니다.

사랑에는 책임이 따릅니다.
사랑을 지키려면 나를 먼저 지켜야 합니다.
나 자신이 흐트러지지 않아야
나의 사랑도 안전하게
지킬 수 있습니다.

사랑은 큰다.

사랑이 아름답든 아프든
다음 사랑의 훌륭한 선생님이 되었다는 점에서
지난 사랑의 가치는 충분하다.

Part
Four

이별하며
배우기

episode 17

마음이 멋진 아이

　초등학생, 중학생 시절 이성에게 인기가 많은 아이들은 예쁘고 잘생긴 아이, 공부 잘하는 아이, 운동 잘하는 아이 정도다. 그러나 고등학생이 되면 이성을 보는 기준이 다양해진다. 겉으로 드러나는 것에 한정되지 않고 상대방의 성격, 꿈, 마음가짐 등 내면의 성숙함을 이성 친구 선택의 중요한 요소로 생각하기 때문이다. 그래서 고등학생 중에는 "저보다 안 예쁜 애들도 다 남자 친구가 있어요!"라고 투털대는 아이들이 많다. 한 살 한 살 나이을 먹어갈수록 내면의 멋을 가꾸어야 한다.

　하림이가 상협이를 좋아하는 이유도 상협이의 멋진 내면 때문이다. 하림이는 초등학교 때부터 상협이와 같은 성당에 다녔다. 어린 시절부터 상협이의 성실한 신앙생활을 지켜본 셈이다. 한번도 주일 미사를 빠지지 않았으며 지각하는 일도 절대 없었다. 늘 조금 빨리 와서 기도를 하고 미사를 마치면 정리정돈을 한 후 남들보다 늦게 돌아갔다. 성당에서만 그런 게 아니었다. 학교에서도 상협이의 행동은 모범적이었다. 선생님들께는 예의 바르게 행동했고, 친구들 사이에서는 리더십을 보여서 학급 임원을 한해도 빠뜨리지 않았다. 청소든 공부든 상협이든 자신에게 주어진 모든 것에 정성을 다했다. 오랫동안 상협이를 보아온 하림이는 상협이가 정말 괜찮은 아이라는 것을 잘 안다.

"그럼 상협이도 초등학교 때부터 널 알고 있었겠네."

"알죠."

"상협이도 널 보면서 비슷한 생각을 하지 않을까?"

"음, 아닐걸요?"

"어떻게 알아?"

"상협이가 절 좋아한다면 어떻게든 조금이라도 느껴질 텐데, 전혀 그런 거 없었어요."

하림이 말도 맞다. 사람은 마음을 느끼는 동물이 아닌가. 누가 날 좋아하고 싫어하는지 민감하게 느낀다. 그것은 신생아들도 가진 본능적인 감각이다. 더구나 이성에게 촉각에 곤두서 있는 청춘들에게 그 '느낌'이라는 것은 매우 정확하다. 하림이는 소리 없이 상협이를 지켜보며 좋아하는 마음을 품었다. 학교에서나 성당에서나 마주치면 서로 반갑게 인사했지만, 그 이상은 아무런 일도 없었다.

어느 학교나 그렇듯 고3의 3월은 진학 상담으로 진지하다. 이전까지의 상담이 희망과 꿈이었다면 고3의 상담은 현실과 성적이다. 그 진지한 상담 중 우는 학생들도 많고 직설적인 담임선생님의 말을 듣기 싫어하는 학생들도 많다. 상담 전 아이들이 적어내는 희망 학교, 학과 용지는 번호 순서대로 상담철에 묶여 있고, 고3 담임선생님들은 3월 내내 그 철을 들고 다니며 수시로 아이들과 면담을 한다.

"선생님, 상협이 꿈이 뭔지 아세요?"

"뭔데?"

하림이 표정이 묘했다.

"하아, 되게 좋은 일인데 저는 왜 좋지가 않죠?"

"왜? 뭔데?"

"신부님이래요."

"신부님? 성직자?"

"네."

아무나 꿀 수 없는 꿈, 하지만 어릴 때부터 신실하게 신앙생활을 해온 상협이에게는 자연스러운 꿈인지도 몰랐다. 상협이를 진지하게 좋아했던 하림이에게는 허탈한 꿈이기도 했다.

"어떻게 알았어?"

"성당에서요. 미사 끝나고 셀 모임이라고 몇 명씩 그룹으로 모이는 게 있거든요. 저는 상협이랑 다른 셀인데, 셀 모임에서 그런 얘기를 했대요. 상협이랑 같은 셀에 있는 친구가 말해줬어요. 예전부터 생각은 하고 있었는데 다

른 공부도 하고 싶은 마음이 있어서 결정을 못하다가 고3이 되니까 더 늦출
수 없다는 생각이 들어서 결심을 한 거래요."

"그럼 신학교에 가는 거야?"

"그렇겠지요."

"상협이 정말 대단하다. 신앙심이 깊다고 다 성직자가 되는 건 아니잖아.
특히 공부 잘하는 애들은 좋은 학교에 가고 싶은 욕심 때문에 갈등을 많이
하거든."

"상협이도 그래서 고민했을 거예요."

"네 말대로 좋은 일이긴 한데, 넌 좀 그렇겠다. 지금 마음이야 그렇더라도
바뀔 수도 있지 않을까? 고3 들은 모의고사를 볼 때마다 생각이 달라지거
든. 수능 보면 또 달라지고, 성적표 나오면 또 달라지고. 원서 쓰기 직전까지
고민이니까."

"그런데 왠지 상협이는 진짜 신학교에 갈 거 같아요."

"왜?"

"걔네 부모님들도 되게 성당 열심히 다니시거든요. 상협이가 신부님이 되
겠다고 하니까 되게 좋아하셨대요."

이성으로 상협이를 좋아하는 마음과 신자로서 상협이의 꿈을 축복하는
마음 사이에서 하림이는 복잡해했다.

"천천히 생각해. 상협이도 자기 마음을 결정하기에 오래 걸렸을 텐데 너
도 마음을 바꾸기에 시간이 필요하겠지."

"(끄덕끄덕)."

하림이는 내 말뜻을 금방 이해했다. 스스로도 이미 그렇게 생각하고 있었을 것이다. 학교에는 하림이 말고도 상협이를 좋아하는 여학생들이 꽤 있었다. 학교에서 수련회를 가거나 축제를 할 때에 상협이는 놀라운 춤 솜씨를 보이곤 했는데, 그렇게 상협이를 알게 된 아이들은 평소 상협이의 반듯한 행실에 다시 한 번 매력을 느끼는 것이다. 3월의 진학상담을 거치며 상협이의 꿈이 신부님이라는 소식은 온 학교에 퍼졌다. 상협이를 좋아하던 여학생들은 호들갑을 떨었다.

"이게 무슨 날벼락이니. 그럼 상협이는 여자 친구도 안 사귀고 결혼도 안 하는 거야?"

"야, 아깝다. 상협이 같은 애들이 독신으로 살면 국가적인 손해야."

"그러니까. 혼자 살아도 될 것들은 기를 쓰고 여자 친구 만드는데."

하림이도 왜 그런 마음이 들지 않겠는가. 수능이 끝나면 너를 좋아했었노라고 떨리는 고백도 하고, 잘 되면 예쁜 사랑도 키우고 싶었으리라.

11월이 되어 수능을 볼 때까지 상협이의 꿈은 변하지 않았다. 상협이는 예정대로 신학교에 진학을 했고, 성당에서도 자주 볼 수 없었다. 하림이는 대학생이 되어 미팅도 하고 남자 친구도 사귀고 헤어지기도 하며 여느 대학생들과 다름없이 잘 지냈다. 방학 때면 가끔 상협이가 성당에 오기도 했지만 고등학교 때처럼 편하지는 않다고 했다.

"저만 그렇게 느끼는 건 아닌가 봐요. 다른 애들도 옛날처럼 막 장난하지도 않고요. 뭔가 우리와는 다른 거 같은……."

"그래. 아무래도 그렇겠지."

"그런데 상협이는 우리가 자기를 특별하게 생각하는 게 부담스러운 것 같아요. 그냥 옛날 친구들을 만나고 싶은데 우리는 안 그러니까. 좀 외로워 보였어요."

"음, 그렇겠다. 어쩔 수 없는 일이기도 하지. 그 길이 그런 거니까. 상협이도 평생 적응해야 할 외로움 아닐까?"

그렇게 시간이 흘러 상협이가 신부님 안수를 받는 날이 되었다. 하림이는 작은 꽃다발을 들고 성당에 다녀왔다.

"좀 특별한 감정이었어요. 축하하는 마음도 있고 아쉽기도 하고 걱정스러운 마음도 있고 그런 거 있잖아요. 딸을 시집보내는 마음 같다고 할까요? 저도 이런데 상협이 부모님은 어떠실까요? 막 우시더라고요."

하림이의 마음은 그저 좋아하던 남학생을 바라보는 여학생의 서운함을 넘어선 것이었다. 어려서부터 상협이를 보아온 친구의 마음, 상협이가 잘 되기를 바라는 부모의 마음, 축복의 길이지만 고난의 짐을 지고 가야 하는 성직자를 바라보는 신자의 마음, 하림이가 더 없이 기특해 보였다.

"이제는 진짜 신부님이라고 불러야겠네."

"네, 어색해요."

"넌 상협이가 첫사랑이지?"

"네."

"첫사랑은 원래 되게 유치하고, 다시 만나면 부끄럽고 환상이 깨지고 뭐 이런 식인데 넌 되게 성스럽다."

"하하. 그런가요?"

"상협이가 신학교를 그만 두고 다른 학교로 편입을 했으면 좋겠다, 뭐 이런 생각 안 해봤어? 나라면 그런 바람도 가졌을 거 같아. 지극히 인간적으로 그런 욕심이 생길 수 있잖아."

"해봤지요. 가끔 상협이가 성당에 왔을 때 신학교 얘기를 해줬었거든요. 굉장히 엄격하게 통제하고, 지켜야 할 것들도 많아서 힘들다고. 그 말을 듣고 속으로 은근히 그만 두면 좋겠다는 생각이 들기도 했어요."

난 눈빛으로 다음 이야기를 물었다.

"그런데 상협이는 신부님이 어울리는 거 같아요. 상협이 같은 애가 신부님이 안 되면 누가 신부님이 되겠어요. 진짜 좋은 애잖아요. 이제 애라고 하면 안 되지. 아무튼 똑똑하고 성격 좋고 사람들하고 잘 섞이고, 못하는 거 없고. 그런 사람은 많은 사람을 위해 일해야 맞는 거 같아요. 저 혼자 차지하겠다는 건 욕심이지요."

끄덕임 말고는 더 이상 다른 답이 필요 없었다. 더할 수 없이 아름답게 상협이를 놓아주는 하림이. 하림이도 상협이 못지않게 멋진 내면을 가지고 있었던 거다.

내면이 멋있는 사람을 알아보는 이는
이미 자신도 멋있는 내면을 가진 사람이다.
내 깊이만큼 상대방도 깊게 보이는 법이니까.

episode 18

그 아이가 전학 간다는 소식 1

청소년들의 사랑은 주변의 괜찮은 이성에게 슬그머니 관심이 생기는 것으로 시작한다. 같은 반 친구일 수도 있고, 학교도 이름도 나이도 모른 채 독서실 엘리베이터에서 몇 번 마주친 아이일 수도 있다. 사랑의 끝은 어떨까. 아이들은 사랑이 끝나는 이유에 대해 '관심이 없어져서'라는 대답을 가장 많이 한다. 그저 생긴 관심으로 사랑이 시작된 것과 같은 맥락이다. '관심이 없어져서' 다음으로 꼽히는 순위는 '어쩔 수 없는 이별'이다. 전학이나 다른 학교 진학 등 내 힘으로 어찌할 수 없는 상황의 변화로 인해 관심의 대상이 사라져버리는 것이다. 내 마음은 아직 따뜻한데 말이다.

'그 아이가 전학 간다는 소식'은 이제 막 자발적인 사랑을 시작한 청소년들이 처음으로 겪는 야속함 아닐까. 그 아이와 헤어져야 한다는 슬픔보다는 아쉬움과 허무함이 더 클 것이다. 신 나게 모닥불을 피우며 놀던 꼬마가 엄마의 부름에 억지로 불을 꺼야 하는 심정과 비슷하리라. 그 헛헛한 감정의 세계를 경험하며 아이들은 부쩍 어른이 된다.

"화니가 전학 간대요."

여진이의 어깨가 늘어졌다. '화니'는 여진이가 좋아하는 같은 반 남학생 재환이의 별명이다. 이름을 직접 말하면 주변에 소문이 날 테니 아주 친한 친구들끼리만 통할 수 있도록 애칭을 만든 거다. 재환이와 여진이는 서로에게 관심이 있으면서도 그 사실을 서로 모르고 한 학기를 보냈다. 재환이는 귀티 나는 외모 때문에 눈여겨보는 여학생들이 몇몇 있었고, 여진이는 학급 임원에 공부 잘하는 모범생이라 선뜻 말을 걸기가 어려웠던 까닭이다.

그러던 어느 날 기말고사가 끝나고 과목별 점수가 나오느라 어수선할 즈음이었을 거다. 막 등교해서 책가방을 내려놓는 여진이에게 친구들이 모여들었다.

"오~, 장여진 좋겠는데~."

"우리 반에 너 좋아하는 애 있대."

"······?!"

여진이는 좋으면서도 당황스러웠다. '누가 나를?' 친구들을 둘러보며 궁금함의 눈빛을 보내자 친구들은 여진이를 화장실로 데려가 온갖 요란을 떨어대며 그 주인공이 재환이임을 알려줬다.

"정말?"

"어떻게 알았어?"

"좋아하는 것 봐라. 명배가 알려줬어."

명배는 재환이의 절친이다. 조용한 성격의 재환이는 명배에게 이런저런 속 얘기를 잘 털어놓았으니 명배가 그 소식을 알려줬다면 의심할 나위는 없었다. 그렇게 서로 좋아한다는 걸 확인하고도 둘은 그저 어색하게 지나치기만 했다. 그런 재환이가 전학을 간다니. 여름방학은 점점 다가오고, 방학 동안 재환이가 이사를 가고 나면 기억에 남을 만한 추억도 없이 정말 끝이었다.

"아쉽다. 시간이 얼마 없네?"

"네. 사실 명배는 예전부터 알고 있었대요."

"뭘?"

"재환이가 저 좋아하는 거요."

"그런데 왜 빨리 얘길 안 해줬대?"

"재환이가 절대 비밀이라고 그랬대요. 명배가 좀 의리가 있어요. 그런데 전학 가니까 얘기하라고 명배가 설득한 거래요. 재환이가 쑥스러워서 말 못하잖아요. 그래서 대신 전해준 거래요."

"이사 가기 전에 한번 정도 만날 수는 있지 않을까?"

"그럴 수도 있어요. 화니네 엄마가 재환이 좋아하는 애 있다고 하니까 막 웃으시더래요. 집에 초대하라고 밥이라도 한번 먹자고 그러셨대요."

여진이는 그 '밥이라도 한번' 먹게 되기를 바라며 마음을 졸였다.

"그나저나 서로 말 한마디도 못하고 헤어지게 생겼다. 전학 가서도 잘 지내라고 인사라도 해야 하지 않아?"

"그렇긴 한데, 어떻게 말해요."

오죽 지켜보기 답답했으면 명배가 대신 말을 했을까. 나도 명배와 같은 심정이었다.

"메일이라도 한 통 보내."

"그럴까요?"

여진이는 그날부터 메일에 뭐라고 쓸지 고민에 빠졌다. 연습장에 쓰고 고치기를 여러 번, 여진이는 메일 대신 예쁜 편지지를 샀다.

"메일은 허무하잖아요. 직접 전해주지 않으면 진짜 눈 한번 못 마주치고 끝날 거예요."

방학식이 되고 선생님이 재환이를 앞으로 나오게 해서 공식적인 인사를 시켰다. 여진이는 편지를 전해주기 위해 남학생들 틈에서 인사를 나누는 재환이를 한참 동안 기다려야 했다.

"전학 가서도 잘 지내. 건강하고."

"어, 고마워."

짧은 인사를 끝으로 더는 머뭇거릴 수가 없었다. 방학식이자 재환이 송별 기념으로 남학생들의 축구 시합이 이어졌기 때문이다. 몇 마디 말을 나누는 짧은 순간에도 남학생들은 재환이를 놀리며 툭툭 치고 지나갔다. 여진이는 재환이가 축구 경기에 정신이 팔려 편지를 가방에 구겨 넣거나 잃어버리지는 않을지 마음이 쓰였다.

여진이의 첫사랑은 그렇게 끝이 났다. 농담으로 한 말이겠지만 여진이는 그래도 희망을 가졌었던 밥 한 끼 먹는 일도 일어나지 않았고, 재환이로부터 답장이 오지도 않았다. 가끔 재환이네 놀러 갔다 온 명배가 재환이의 안부를 전해줄 뿐이었다.

"화니가 전학가고 나면 되게 슬플 줄 알았거든요? 그런데 아무렇지도 않아요. 친구들이 그러는데요, 제가 화니를 별로 좋아하지 않아서 그럴 수도 있대요."

"그건 아니지. 헤어졌다고 다 슬퍼야 하는 건 아니야. 슬프지 않다고 해서 좋아하지 않았던 거라고 할 수는 더더욱 없는 거고."

"노래 가사들 보면 장난 아니잖아요. 되게 힘들어서 막 울고."

"그 가사 쓴 사람은 그랬겠지. 모든 사람들이 똑같이 느끼는 건 아니니까. 신경 쓰지 마. 덤덤하게 이별이 지나갈 수도 있는 거야. 어쩌면 그게 더 건강한 사랑일 수도 있어."

"그런데 이런 것도 사랑이라고 할 수 있어요?"

"어떤 거?"

"저랑 화니랑요. 둘이 좋아하기는 했어도. 뭐 한 게 없잖아요. 제대로 말도 못해봤고, 둘이 놀러다닌 것도 아니고. 아, 진짜 이게 뭐예요."

물론 사랑이다. 말 한마디 안 했어도 서로 마음이 통했고 아쉬움이 통했으니 사랑이다. 드라마나 대중가요를 통해 강렬한 사랑 이야기를 접했던 십대들은 그렇지 않은 자신의 감정을 혼란스러워한다. 뮤직비디오에 나오는 것처럼 그 사람과 바닷가를 뛰어다녔던 추억도 없고, 커플링을 껴보지도 않은 나의 사랑은 사랑이 아닌 것처럼 여겨지는 것이다.

하지만 그렇지 않다. 대부분 청소년들의 사랑은, 소설 「소나기」*의 주인 공들이 그랬듯, 여진이와 재환이의 사랑처럼 산들바람처럼 왔다가 간다. 부는 듯 안 부는 듯 손에 잡히지는 않지만 꽃들이 흔들리는 걸 보면 분명 바람이 부는 걸 알 수 있듯이, 무언가 싱거운 듯 손에 잡히지는 않지만 마음의 흔들림을 통해 분명 사랑이었다는 것을 아는 거다. 폭풍우처럼 강렬하지 않아 상처가 크지 않을 뿐이다.

지금 내 마음 속에 누군가를 소중히 여기는 감정이 돋아났다면 예쁘게 간직하자. 영화 주인공처럼 억지로 멋을 낼 필요는 없다. 자연스럽게 감정이 움직이는 대로 두면 된다. 사랑은 스스로 자라나고 사라지는 법이니까.

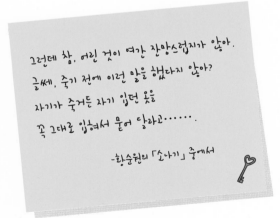

그런데 참, 어린 것이 여간 잔망스럽지가 않아.
글쎄, 죽기 전에 이런 말을 했다지 않아?
자기가 죽거든 자기 입던 옷을
꼭 그대로 입혀서 묻어 달라고…….

─황순원의 「소나기」 중에서

★ 작가 황순원의 대표적인 단편소설. 짧은 시간 동안 갑자기 세차게 쏟아졌다가 그치는 비처럼, 어느 가을날 한줄기 소나기처럼 너무나 짧게 끝나버린 소년과 소녀의 안타깝고도 순수한 사랑 이야기를 담고 있다.

그 아이가 전학 간다는 소식 2

왕수는 달리기 1등이다. 남자애들이 다 그렇듯 왕수도 그저 뛰어노는 걸 좋아할 뿐이었는데 체육시간에 100m 달리기를 해보니 왕수의 기록이 제일 좋았던 것이다.

"1등 해본 건 태어나서 처음이에요."

왕수는 감격했다. '달리기는 모든 운동 능력의 척도가 된다'라는 체육선생님의 말씀에 따라 왕수는 체육부장이 되었다. 체육시간에는 반장도, 전교 1등도 부럽지 않았다. 아이들 줄을 세우는 것은 물론, 시범을 보이거나 구석에서 딴짓을 하는 녀석들을 다그치는 것도 왕수였다. 잘하는 거라고 체육뿐인, 시커멓게 그을린 덩치 좋은 왕수에게 여리디여린 사랑이 피어났다.

같은 반 여학생 아름이는 보통 인기 많은 여자애들처럼 흰 피부에 큰 눈, 마른 체구도 아니었다. 동그란 얼굴에 볼에는 여드름이 돋았고, 통통한 몸매에 '동네 누나' 같은 느낌이 풍겼다. 왕수는 아름이의 100m 달리기 기록이 몇 초인지, 체육 점수가 몇 점인지, 키와 몸무게가 어떻게 되는지 모두 외우고 있었다. 체육 선생님의 심부름으로 자료정리를 하며 보았던 것이다. 좀 우습지만 이 또한 왕수가 아름이를 좋아하는 방법이다.

"아름이는 네가 자기를 좋아하고 있는 걸 알아?"

"알걸요."

"어떻게? 네가 얘기했어?"

"아니오. 저랑 좀 친한 여자애들이 있거든요. 아름이한테 얘기해도 되냐고 그러길래 마음대로 하라 그랬어요."

모든 일을 복잡하게 생각하지 않는 왕수의 성격은 사랑을 할 때에도 마찬가지였다.

"아름이가 뭐랬대?"

"왕수든 누구든 남자 친구 사귈 생각이 없대요."

"왜?"

"공부에 방해된다고요. 그리고 아름이는 공부 잘하는 애를 좋아한대요. 열심히 하는 애라 그랬나? 잘하는 애나 열심히 하는 애나 암튼."

"음, 좀 서운하겠다. 사람마다 잘하는 게 다른데."

"괜찮아요. 저도 아름이 공부 방해되는 건 싫어요."

그래서 왕수는 아름이에게 다가가지 않았다. 말을 걸지도 장난을 치지도 않았다. 그저 조용히 아름이를 지켜보고 체육 점수와 수행평가 기록들을 유심히 살필 뿐이었다. 농구 숏 수행평가를 할 때에는 한 손으로 공을 받치고

한 손으로 방향 조절을 하면 잘 들어갈 텐데 아름이는 두 손으로만 던지려고
해서 잘 안 들어갔다고 아쉬워했다. 몇몇 친한 여자아이들은 체육부장 왕수
에게 와서 슛하는 방법을 배우기도 했지만, 아름이는 멀찌감치 앉아 있기만
했다. 왕수는 점수에 신경 쓰는 아름이에게 조금이라도 도움이 될까 싶어 슛
을 배우고 돌아가는 여자아이들에게 "아름이한테도 이렇게 하라고 알려줘"
라고 말을 전했지만, 여자아이들은 무슨 건수라도 잡은 듯 까르르 웃으며 달
려갈 뿐이었다.

"저는 왜 공부를 못할까요. 해도 해도 잘 안 돼요. 외우는 것도 못하겠고."
공부 잘하는 애를 좋아한다는 아름이의 말에 기가 죽은 모양이었다. 아름
이에게 잘 보이기 위해 그 좋아하던 축구도 줄이고 중간고사에 열을 올려 보
았지만 공부는 달리기만큼 되질 않았다.
"넌 공부를 못하는 게 아니라 달리기를 잘하는 거야. 공부 잘하는 아름이
가 체육 못하는 거랑 똑같지 뭐."
왕수는 공부 잘하는 자신의 모습을 떠올려본다고 했다. 아름이 앞에서 떳
떳한 모습, 모르는 문제를 함께 푸는 모습. 작은 눈 때문에 열등감을 가진 아
이들이 큰 눈을 상상해보듯 왕수도 그런 이상을 그려보는 것이다. 공부 잘하
는 꿈, 아름이와 가까워지는 꿈. 왕수에게 아름이는 애정의 대상이자 이상적
인 자신의 모습을 꿈꾸게 하는 기준이기도 한 셈이다.
그런 아름이가 전학을 간다는 소식이 들렸다.

"왜? 아버지 직장 때문에?"

"아니오."

"고등학교 때문이래요. 우리 동네에 있는 고등학교들은 다 구리거든요. 아름이 엄마는 공부 욕심이 많아요."

아름이가 지금 살고 있는 집은 전세고 어차피 이 동네는 오래 살 생각으로 온 게 아니라는 것, 공부 잘하는 아이들이 많은 고등학교로 가야 잘 가르치는 학원도 많고, 공부하기에 좋다는 것 등 왕수는 친한 여자아이들을 통해 아름이의 구체적인 사정을 모두 듣고 있었다.

"근데 아름이가 왜 좋아?"

왕수 같은 진짜 남자를 몰라 보다니, 꼭 막혀서 공부만 하는 것 같은 아름이가 괜히 얄미워 물어보았다.

"그냥요. 아름이 별명이 '엄마'예요. 엄마처럼 주변 친구들을 잘 챙겨주거든요. 머리 모양이 이상하거나 지저분한 애들한테는 잔소리도 하고 그래요. 그런 것도 좋고, 자기관리 잘하는 것도 좋고 그래요. 저는 되게 덜렁거리거든요."

내 예상과 달리 아름이는 야무지게 자기 할 것을 하면서도 친구들 사이에서 신뢰를 받는 모양이었다.

"너 여자 보는 눈이 있구나."

그저 예쁜 애들만 좋아하는 또래 남자아이들과 달리 아름이의 성품과 행동을 유심히 살필 줄 아는 왕수가 기특했다.

전쟁 같은 교육환경에서 좋은 학교에 배정받기 위해 이사를 가는 것은 물론, 입시에 유리한 학원이 밀집한 지역으로 전학을 가는 경우도 흔하다. 그 전쟁 속에서도 사랑의 꽃이 피고 지는 모습은 참으로 애달프다. 왕수를 포함해 비슷한 이별을 경험하는 아이들은 이러한 입시 현실을 원망하지 않고 그저 그 친구가 열심히 공부해서 좋은 대학에 가기를, 꿈을 이루기를 바란다. 이별 앞에서 이놈의 세상 어쩌고 신세 한탄하는 어른들의 사랑보다 낫다는 생각이 절로 든다.

왕수는 "어쩔 수 없지요, 뭐"로 아쉬움을 털어내고는 아름이 없는 학교생활을 덤덤하게 이어갔다. 여전히 체육은 열심히 했고, 방과후에는 운동화까지 땀에 흠뻑 젖도록 축구와 농구를 했으며, 시험 때에는 체육만큼 모든 과목을 잘할 수는 없었지만 나름대로 노력을 했다. 그럼 됐지 더 이상 어쩌랴. 왕수의 사랑은 이렇게 흘러갔다.

십대들에게 사랑의 경험은 얼마나 소중한지. 어쩔 수 없음을 배우고 상대방이 잘 되기를 빌게 되며, 내 마음대로 되지 않는 상대방의 마음도 헤아릴 수 있게 된다. 부모님 밑에서 당연한 듯 받았던 사랑 안에서는 이루지 못했던 성장이다.

언젠가 왕수에게 또 다른 사랑이 찾아올 것이다. 어쩔 수 없는 이별을 맞이할 수도, 달콤한 커플이 될 수도 있다. 어떤 사랑이든 왕수는 또 한 번 성장할 것이며, 더 멋진 남자가 되어갈 것을 믿는다. 진짜 남자 왕수, 파이팅!

열심히 공부하고 자기관리 잘하는 네가 부러웠어.
난 그렇지 못하거든.
넌 분명히 원하는 대학에 가고 꿈을 이룰 수 있을 거야.
내가 기도할게.

－라수가 아름이에게 보낸 메시지 중

episode 20

분석하지 마

훤칠한 키에 깨끗한 피부, 웃을 때 고른 치아가 보이는 근우는 도시형 미남이다. 특별히 어디 한군데를 골라 잘생겼다고 말할 수는 없지만 머리끝부터 발끝까지 전체적인 스타일이 좋았다. 몸매도 균형이 잘 잡혔고, 살짝 긴 앞머리는 말끔하게 찰랑거렸다. 친구들이 붙여준 근우의 별명은 '엄친아'이다. 외모부터 성격, 공부까지 뭐 하나 흠 잡을 게 없기 때문이다.

특히 근우는 공부 욕심이 많다. 쉬는 시간도 함부로 쓰지 않고 단어를 외우거나 틀린 문제를 고치고, 그날 정해 놓은 공부를 마치기 전에는 농구 한 게임 하자는 친구들의 꼬임에도 흔들리지 않았다.

그런 근우에게 여자 친구가 생겼다. 학원에서 근우를 눈여겨보던 여자 친구가 근우의 친구를 통해 마음을 전했고, 그 친구가 소개를 시켜줘서 만났다는 거다.

"진짜야? 관심 없는 줄 알았네. 공부에 방해 되는 건 신경 *끄고* 살잖아?"

사실 그랬다. 빠질 것 없는 외모에 공부도 잘하니 근우가 마음만 먹으면 괜찮은 여자 친구를 얼마든지 사귈 수 있었겠지만, 근우는 대학가기 전까지는 여자 친구를 만들지 않겠다고 했었다. 꼭 있어야 할 필요도 없고 시간만 빼앗긴다는 이유였다.

"그건 그래요. 그런데 애는 괜찮은 거 같아요. 그냥 학원에서만 만나기로 했어요."

그럼 그렇지. 역시 근우다웠다. 같은 학원에 다니는 둘은 수업을 함께 듣고 쉬는 시간에 편의점에서 함께 간식을 먹는 정도로 데이트를 즐기고 있었다. 학원 수업을 마치면 여자 친구를 집까지 바래다줄 만도 하건만 근우에게는 어림없는 일이다. 가는 길이 겹치는 큰길 사거리까지만 함께 걸었고, 서로 다른 방향으로 신호등을 건너서 각자 집으로 갔다.

"너무 야박하지 않아? 여자 친구가 서운하겠다."

"괜찮아요. 서로 그렇게 하기로 약속했어요. 부담스럽지 않고 좋대요."

"학원에서 말고 따로 만나진 않아?"

"학교가 다르니까 어차피 학교에서는 못 보고, 학교 끝나면 바로 학원으로 오니까 뭐 따로 만날 시간도 없어요."

"주말에는? 영화도 보고 밖에서 만날 수 있잖아."

"그런 거 없어요. 또 주말에 학원 보충 있는 날이 많으니까 어차피 만나는 건 비슷해요."

이걸 똑 부러진다고 해야 하는 건지, 분위기 없다고 해야 하는 건지 정리가 되지 않았다. 이렇게 전략적으로 사랑을 할 수도 있는 걸까. 사람을 좋아하다 보면 학원 수업 빼먹고 놀러가고 싶은 마음도 생길 텐데, 여자 친구는 정말 괜찮은 걸까? 지금이야 괜찮겠지만 시간이 좀 지나면 이 건조한 만남에 회의가 들지도 모른다.

그렇게 한 달쯤 지났을 무렵, 여자 친구가 학원을 옮겼다. 이유가 궁금했다. 근우가 부담스러워 학원을 옮긴 것일 수도 있기 때문이다. 근우의 표정을 보니 여자 친구는 학원을 핑계 삼아 근우를 떠난 모양이다.

"이 학원에서 배울 만한 건 다 배운 것 같다고 다른 책으로 진도를 나가는 학원에 가겠다고 했어요. 그런데 말만 그렇게 하는 거 같아요."

"그걸 어떻게 알아?"

"공부 열심히 하라고 나중에 대학 가면 만나자고 메시지 보냈더라고요."

상관없다는 듯 다시 그날의 계획대로 공부를 하는 것이 근우다운 모습인데, 그날은 생각이 많아 보였다.

"왜 그래? 너답지 않게."

"제가 너무 공부만 해서 서운했던 걸까요?"

"궁금해? 왜 떠났는지?"

"뭐 궁금하다기보다 이상해요. 특별히 다르게 행동한 게 없었거든요. 내가 뭐 실수한 것도 없는 것 같고 전날에도 평소처럼 그냥 똑같았는데."

근우는 정말 모르는 모양이었다. 하긴 알 만한 녀석 같았으면 그렇게 공부하듯 사랑을 하지는 않았을 거다.

"여자 친구 입장에서는 서운했을 수도 있지. 자기보다 공부에 더 관심이 많은 거 같으니까. 쉬는 시간에 자기 때문에 공부 못하게 하는 거 같아 신경이 쓰였을 수도 있고, 전화를 자주 하는 것도 아니고, 주말에 따로 만나는 것도 아니고. 너에게 별 의미 없는 사람이라고 느끼지 않았을까? 괜히 네 공부에 방해만 된다고 생각했을 거야."

"그런 게 그렇게 중요해요?"

"뭐 중요하다기보다 상대방을 좋아하면 그냥 그렇게 되는 거 아닌가? 조금 더 같이 있고 싶어서 집까지 걸어가기도 하고, 조금 더 이야기하고 싶어서 늦게까지 전화통화를 하는 거지."

"한번도 안 해봤어요."

"그런 시간이 아깝니?"

"솔직히 좀 그래요."

"뭐 그럴 수도 있겠다. 목표 의식이 강하다 보면 다른 것들이 눈에 안 보이긴 해. 사랑만큼 비효율적인 것도 없으니까."

"……."

"지난 일인데 어쩌겠니. 그냥 공부나 열심히 해. 대학 가서 만나면 더 애틋하겠지. 이렇게 스트레스를 받는 거 싫어서 여자 친구 안 만들었던 거 아니야?"

"그건 그래요."

쿨하게 대답을 해놓고도 근우는 집중하지 못했다.

"어차피 주말에는 공부를 많이 하지도 않았는데 한두 시간이라도 만날걸 그랬어요."

후회를 하면서도 근우는 계산적이었다. 매사에 저렇게 논리적이니 여자 친구가 정이 떨어질 만도 했다.

"지금 이별의 이유에 대해서 오답노트 쓰니?"

"아, 진짜 좀 적어봐야겠어요."

근우는 정말로 연습장을 꺼냈다. 약간 어처구니가 없었지만 지켜보기로 했다. 마음이 복잡할 때는 적어보는 게 도움이 될 테니 말이다.

학원에 조금 일찍 가서 같이 밥 먹기
학원을 마치고 집에 데려다 주기 (일주일에 두세 번만이라도)
주말에 인터넷 시간을 줄이고 여자 친구 만나기
잠자기 전에 통화하기 (5분 정도)
일어날 시간에 예약 문자 걸어놓기
······

"했으면 좋았을 것들이야?"

"네. 그때는 공부에 지장 없게 만나려고 되게 조심했거든요. 지금 생각해 보니까 공부할 거 다 하면서도 할 수 있는 게 많았네요."

"그렇게 했으면 학원을 안 옮겼을까?"

"음, 글쎄요. 좀 오래 다니진 않았을까요?

"그래 지금보다 오래 다니긴 했겠다. 그렇게 했더라도 결과는 똑같았을지 몰라. 자꾸 분석하지 마. 그냥 인연이 아니라고 생각해. 다음에 여자 친구 사귈 때는 조금 낫겠지."

사회 초년생 시절, 근무하던 회사의 이사님이 점심을 사주신다며 같은 팀 동료들을 불러모으셨다. 임원들이 사원들과 식사를 함께하며 소통과 대화의 분위기를 만들려는 회사의 방침이었던 듯하다. 이사님은 한 명씩 이름과 나이, 사는 곳, 가족 등 사소한 이야기들을 물으셨다. 그러다 한 남자 대리에게 물었다.

"여자 친구는 있나?"

"아니오, 없습니다."

"번지르르하게 잘생겨가지고 왜 여자 친구가 없어?"

"그냥 일하느라 바쁘다 보니까 만날 기회가 없는 것 같습니다."

"젊을 때 열심히 일하는 것도 꼭 필요한 일이긴 하지. 그래도 바쁜 건 다 핑계야."

그리고 이어진 말씀은 근우에게도 들려주고 싶은 말이다.

"일 잘하는 사람들이 왜 연애를 못하는지 알아? 계산적인 사고방식 때문이야. 여자 친구가 약속시간에 늦으면 한두 시간쯤 기다릴 수도 있는 거고, 별 쓸데없는 수다도 잘 들어줄 수 있어야 하는데 그런 걸 못해. 그래서 차여

놓고도 왜 차였는지 몰라. 자기가 왜 싫은지 얘기해보라 그러고. 논리적 분석적으로만 따지려고 해. 박 대리도 그러는 거 아니야?"

"아, 아닙니다."

"아무나 결혼하고 연애하는 거 같지? 그래도 그렇지가 않아. 결혼한 사람들, 여자 친구가 있는 사람들을 잘 봐. 배울 게 있을 거야. 상대방을 위해 뭔가 포기할 수 있는 사람만 사랑을 할 수 있거든."

맞다. 시간이든 돈이든 자기 걸 그저 내놓을 수 있는 사람만 사랑을 얻는다. 난 근우에게 처음부터 궁금했던 걸 물었다.

"그 친구를 좋아하긴 한 거야?"

"좋아하니까 만났겠죠?"

"그럼, 공부를 하다가도 괜히 전화를 걸어서 목소리 듣고 싶고, 학원 끝나고도 좀 더 같이 있고 싶고 그런 마음이 들지는 않았어?"

"그런 마음이 들기는 했는데요. 솔직히 말하면 그런 마음이 들까봐 조심했던 거 같아요."

근우의 마음을 이해할 수 있을 것 같았다.

"그래, 그럴 수 있지."

사랑에 풍덩 빠져버릴 것 같은 두려움, 그래서 공부도 생활도 다 흐트러질 것 같은 불안함. TV를 자제하기 위해 일부러 새로 시작하는 드라마 첫 회는 보지 않는 것처럼, 그 아이를 너무 좋아하게 될까봐 일부러 철저히 자신을 단속했던 거다.

"아쉽지 않니? 그냥 마음 가는 대로 사랑을 했으면 어땠을까?"

"이렇게 끝나고 나니까 좀 아쉽긴 해요. 용기가 없었던 거 같기도 하고요."

"용기?"

"음, 마음이 가는 대로 사랑할 용기라고 해야 하나?"

"그런 용기가 어디 의지대로 생기니. 사랑에 빠지면 그냥 그렇게 되는 거지 뭐. 그냥 털어내. 다음에는 너를 용감하게 만드는 더 큰 사랑이 찾아오겠지."

공부를 잘한다고 사랑도 잘하는 건 아니다. 살아 움직이는 마음은 관리, 전략, 필요라는 단어들과는 어울리지 않으니까. 이렇게 아쉬워하며 근우도 조금씩 사랑을 배워갈 것이다.

언젠가 근우에게도 바보 같은 사랑이 찾아왔으면 좋겠다. 근우의 모든 것을 뒤집어 놓을 만큼 행복한 사랑. 시간 가는 줄 모르고 밤새 통화를 하고, 장미꽃 한 송이를 들고 그녀가 오기만을 하염없이 기다리는 근우의 모습을 보고 싶다.

그때 화를 내지 않았더라면
그때 그 이야기를 듣없더라면
그때 그렇게 했더라면
그 사람은 날 떠나지 않았을까?

분석하지 말자.
어차피 지난 사랑,
그렇게 배우는 사랑.

오랜 시간이 지나 상처가 아물고
그 사람을 다시 만난다면
완벽한 사랑을 할 수 있을까?

그럴 수도, 그럴 필요도 없으리.
작아진 옷을 다시 입지 못하듯
아쉬울 것도 없는 일.

episode 21

멋있는 이별은 없다

　사람들은 왜 이별을 할까. 2011년 법무부가 발간한 〈2011 사법연감〉을
보면 2006년부터 2010년 사이에 이루어진 이혼의 원인은 1위가 성격 차이
(45.9%), 2위가 기타 사유(20.4%), 3위가 배우자의 부정(8.7%)이다. 그밖에
가족불화(7.4%), 정신적·육체적 학대(4.8%), 건강상 이유(0.7%) 등이 있다.

　대부분을 차지하는 성격 차이와 그 뒤를 잇는 기타 사유는 참으로 애매모
호하다. 사람들의 성격이 얼마나 유별나길래 성격 차이로 인연을 끝내는 걸
까. 어느 항목에도 대답할 수 없는 기타 사유도 마찬가지다. 간단히 말해 뭔
가 내 맘에 안 든다는 얘기이다. 그냥 꼴 보기가 싫다는 결론일 거다. 이별의
진짜 이유는 본인들만 알고 있을 터이다. 조사 결과에 나오는 이유들은 그저
남들에게 말하기 적당한 것으로 포장을 한 게 아닐까. 다양한 이별의 이유들
이 있겠지만 어느 경우도 깔끔하고 아름다운 이별은 없을 거다.

　사소한 것으로 사랑이 시작되듯 따지고 보면 이별의 이유도 대수롭지 않

은 것들이다. 가정을 지켜야 한다는 부담이 없는 청춘들의 사랑은 더욱 그렇다. 많은 사람이 상대방의 입냄새, 뚱뚱한 몸매, 추잡스러운 말투, 눈치 없음에 정이 떨어진다. 수영이도 그랬다.

수영이가 매긴 성적표에 따르면 수영이의 남자 친구는 공부 A⁺, 외모 B⁻, 성격 B⁺, 친구들 A°이다. 즉 공부 잘하는 평범한 모범생이다.

"특별히 빠지는 건 없어요. 그렇다고 특별한 매력이 있는 것도 아닌 거 같아요."

두 달 정도 사귄 수영이의 결론이었다. 정말 매력이 없는 걸까, 아니면 수영이가 그 사람의 매력을 발견하지 못한 걸까. 난 후자라고 생각한다. 사랑의 눈으로 바라보면 어수룩한 것도 귀여워 보이고, 거친 듯한 성격도 자유로워 보이기 때문이다. 무엇이 수영이의 눈을 가렸을까.

남자 친구를 처음 만난 건 학년 초 동아리 모임에서였다. 선후배가 처음 만나는 자리였고, 남자 친구는 한 학년 위 선배였다. 모임을 마치고 집에 가는 길이 같아 우연히 둘만 버스를 같이 탔다. 그 모습을 본 동아리 사람들은 놀려대기 시작했다. 그 이후로는 계속 둘이 사귀는 분위기로 몰았다는 거다. 집이 같은 방향이니 수영이도 빠져나갈 구멍이 없었다. 공부 잘하는 남자 선배와 친하게 지내는 것도 괜찮을 것 같아 사람들의 놀림이 싫지만은 않기도 했다. 그렇게 동아리 모임 때마다 둘만의 데이트가 이어진 거다.

"나중에 알고 보니까 선배들이 일부러 막 그런 거였어요. 다른 남자 선배들은 다 여자 친구가 있는데 제 남자 친구만 없었거든요. 완전 저만 낚인 거죠."

수영이의 말투에서 남자 친구를 탐탁지 않게 여기고 있음이 느껴졌다.

"낚여서 만난 남친이어서 싫어?"

"그 얘기 처음 들었을 때는 좀 그랬어요."

"다들 그렇게 시작하는 거지 뭐. 만나다 보면 서로 알게 되는 거고, 정도 드는 거고."

"지금까지는 그냥 그럭저럭 만났는데요. 요즘은 내가 이 오빠를 계속 만나야 되나 싶어요."

"왜?"

"모르겠어요."

"몰라? 그냥 싫어?"

"이유가 있다기보다는 뭐, 그냥 싫은 거지요. 딱 만나는 순간 한숨이 나요."

"그게 무슨 말이야?"

"옷을 너무 못 입어요."

"풉!"

"웃기죠. 저도 웃긴다니까요. 그런 걸로 사람 미워하면 안 되는 거잖아요. 근데 어쩔 수 없어요. 내가 너무 못된 건가요?"

"아니야. 충분히 그럴 수 있어. 더구나 남녀 사이에 뭔가 끌리는 게 있어야지."

수영이는 마음이 놓였는지 말을 이었다.

"보통 주말에 만나러 나가잖아요. 저는 나름 남친 만난다고 머리부터 발끝까지 풀 세팅을 하거든요. 준비하는 데 두 시간도 더 걸려요. 약속장소에 가면 저 멀리에 오빠가 있는 게 보여요. 막 뛰어가야 정상 아니에요? 근데 가까이 가기가 싫은 거예요. 멀리서도 딱 보여요. 말도 안 되는 바지에 그런 남방은 또 어디서 구해가지고 입고 나왔는지……. 주말에 애들 노는 데가 다 비슷하잖아요. 아 진짜, 같이 다니는 게 부끄러울 정도예요."

"옷을 같이 사러 가봐. 네가 골라주고."

"왜 안 했겠어요. 다 해봤죠. 이렇게 입으라고 딱 정해줘도 산 날만 그렇게 입어요. 그 다음엔 다른 옷들이랑 섞여요. 더 웃긴다니까요. 왜 새 옷 안 입느냐고 하면 빨았대요. 입던 옷이 편하다고. 돈 아까워서 옷 사란 말도 못 하겠어요."

수영이의 한숨은 멈추지 않았다.

"저 어떻게 하죠? 이런 걸로 불평해도 되는 거예요?"

"옷을 잘 못 입어서 갑자기 싫어진 거야? 동아리 모임 끝나고 집에 가고 할 때는 괜찮았잖아."

"그때는 친해지기 전이고요. 학교에서는 다 교복이니까 모르잖아요."

"그럼, 그만 만나게?"

"그래야 하지 않을까요? 좋아하는 마음도 없고 만날 때마다 짜증부터 나는데 어떻게 계속 만나요."

사람을 겉모습만으로 판단할 수 없다. 작은 키, 여드름, 대머리 같은 외모의 약점을 지니고도 사랑을 이루는 사람들이 얼마나 많은가. 겉모습과 상관없이 빛나는 내면의 매력을 알아보는 사람이 있기 때문이다. 하지만 수영이는 아직도 그 사람의 겉모습에서 벗어나지 못하고 있었다. 그 사람의 매력이 무엇인지 보이지도 않고 궁금하지도 않은 모양이다.

"그런 걸로 헤어질 수도 있겠지. 근데 뭐 헤어진다고나 할 수 있을까? 그냥 분위기에 몰려 여기까지 온 거지, 둘 사이에 사랑은 시작도 안 한 거 같은데?"

"하, 그러니까요. 하필 왜 그 오빠냐고요. 동아리에 다른 오빠들은 진짜 다 멋져요. 전교에서 꼽는 킹카 세 명 중에 두 명이 우리 동아리란 말이에요."

"이별의 이유가 뭐 중요하겠어. 네 마음이 남자 친구에게 없다는 게 문제지. 오빠가 옷을 못 입는 건 네 마음을 확인시켜준 사건일 뿐이야."

수영이는 입술을 잘근잘근 씹으며 생각에 잠겼다. 그리고는 이 어정쩡한 관계를 정리해야겠다고 결론을 내렸다.

"뭐라고 말하죠? 선생님한테 얘기했던 것처럼 다 솔직히 말할 수는 없잖아요."

"그냥 적당히 얘기해. 어차피 이별의 이유는 다 이해할 수 없는 거야."

수영이를 보며 이혼원인 '성격 차이'와 '기타 사유'를 다시 한 번 떠올렸다. 이 지구상에 조국의 독립, 인류의 평화 같은 위대한 이유로 이별을 하는 사람이 몇 명이나 있을까. 어쩌면 이별의 이유를 통계내는 것 자체가 무의미한 일인지 모른다.

"뭐라고 얘기했어?"

"다른 선배들이랑 똑같이 동아리 안에서만 만났으면 좋겠다고 했어요. 둘만 따로 만나는 게 부담스럽다고."

"오빠가 뭐래?"

"자기가 뭐 잘못한 거 있냐고요. 그래서 그런 거 없다 그랬죠."

황당한 이별을 치른 수영이는 이상형에 대해, 자기 자신에 대해 다시 생각하게 되었다.

"그냥 착하고 성실하고 나만 사랑해주는 사람이면 될 거라고 생각했었거든요. 외모는 상관없다 생각했어요. 그런데 제가 생각보다 외모를 많이 따진다는 걸 알았어요. 어쩌면 외모만 보는지도 몰라요."

꼭 그렇지도 않을 거다. 어쩌면 수영이의 다음 남친은 지금의 그 오빠보다 옷을 더 못 입는 사람일지도 모른다. 그런 게 사랑이니까. 그 사람과 인연이 아니라면 더 유치한 이유로도 헤어질 수 있다. 그 속에는 인간이기에 가질 수밖에 없는 이기심과 본능적인 거부감, 알 수 없는 감정 같은 것들이 뒤섞여 있을 것이다. 어떤 이별도 멋질 수는 없다. 드라마처럼 분위기 있게 눈물이 흐르지도 않고, 사랑하기에 헤어진다거나 나에겐 과분한 사람이라는 식의 그럴듯한 멘트는 떠오르지도 않는다. 미안하고 속상하고 스스로도 이해되지 않지만 더 이상 지속할 수는 없기에 해야 하는 이별이라면 진짜 이유가 무엇인지는 중요하지 않다. 이미 마음이 떴으니 어쩌겠는가.

쉽게 시작하고 쉽게 끝내는 사랑을 부추길 의도는 전혀 없다. 그렇다고 마음에도 없는 사람을 계속 만나며 오해를 키워서는 안 된다고 생각한다. '이런 걸로 헤어져도 되나?'로 고민 중이라면 이별의 이유보다 내가 그 사람을 사랑하지 못하고 있다는 것에 더 초점을 두어야 할 거다. '특별한 이유는 없지만 그냥 끝내고 싶다'라는 생각이 드는 경우도 마찬가지이다. 마음의 흐름에 따를 수밖에 없다.

　진심과 다른 이유를 대고 이별을 한 적이 있는가. 사소한 이유로 이별을 해서 상대방에게 상처를 준 것 같아 미안한 마음이 남아 있는가? 괜찮다. 누구나 그렇게 사랑을 배우는 거다. 누구나 그렇게 이별을 하니까. 멋있는 이별은 없는 법이니까.

"우리 그만 만나"

"왜?"

"……."

"내가 잘못한 거 있어?"

"……."

"다른 사람 생겼어?"

이별을 고하는 사람에게 많은 걸 묻지 말자.
공부해야 하니까, 모르겠어 널 진짜 좋아하는지, 부모님이 싫어해.
어떤 이유도 이별에 대해 납득할 수는 없다.
어쩌면 스스로도 진짜 이유를 모를 수 있다.

그냥 마음이 편치 않은 거다.
그냥 그만 만나고 싶은 거다.
그냥 아닌 거다.

연애상담실 4

부모님의 이혼, 이성교제가 두려워요

Qustion:

　중학교 1학년 때 부모님이 이혼하셨습니다. 저는 아빠랑 같이 살고 엄마는 일주일에 한 번 왔다 가세요. 학교 다니는 거나 뭐 생활하는 건 전혀 불편한 게 없습니다. 같이 살면서 매일 싸우느니 떨어져 사는 게 나아 보이기도 해요. 문제는 제가 이성 친구를 사귈 때 조금 이상한 증상(?)을 보인다는 거예요. 처음 남자 친구에게는 바보처럼 매달렸습니다. 남자 친구가 하자는 대로 다 하고 사소한 다툼이라도 나면 무조건 미안하다고 했어요. 친구들은 여자가 좀 튕겨야 한다고들 하는데 저는 그렇게 자존심을 세울 수가 없었습니다. 제가 그 남자 친구를 너무 좋아해서 그런가보다 생각했지요. 그 다음 사귄 애는 한 학년 후배였는데 시시콜콜 간섭하고 챙겼습니다. 친구들은 제 행동이 지나쳐 보일 때가 많다고 합니다. 왜 그렇게 집착하느냐고요. 부모님의 이혼 때문일까요? 정말 아무렇지 않다고 생각했었는데요.

"청소년들은 누구나 서툴고 부족한 사랑을 합니다.
성장 과정, 부모의 영향을 받지 않는 사람은 없어요.
스스로 '내 마음 속에 이런 저런 문제가 있구나'라는 걸 알게 되었으니 점점 나아질 겁니다."

answer:

비슷한 고민을 부모님도 합니다. "이혼을 한 것이 아이들에게 상처가 되지 않았을까 걱정이에요. 혹시 이성을 만나는 일이나 결혼에 대해 부정적인 생각을 갖게 되는 건 아닐까요." 이혼율이 늘어나면서 이와 같은 걱정을 하는 부모님이 많아졌지요. 자연히 위와 같은 고민을 하는 학생들도 늘었습니다. 다행히 이혼 부모를 둔 모든 자녀들이 이성교제에 문제를 보이는 것은 아니에요. 이혼 자체가 문제는 아니니까요. 이혼으로 가기까지의 잦은 부부싸움, 차가운 집안 분위기, 무서운 부모의 표정 등이 더 큰 상처가 됩니다.

부모가 보여주는 부부생활의 모습은 자녀의 이성교제, 배우자 선택, 결혼생활에 영향을 줄 수밖에 없어요. 사랑이 넘치는 부모의 모습이 부러워 자신도 빨리 결혼해 행복한 가정을 꾸릴 거라는 꿈을 꾸는 아이가 있는가 하면, 징글징글한 시댁 식구들 때문에 고생하는 엄마의 모습을 본 딸은 반드시 고아와 결혼을 하겠다고 다짐을 하죠.

이혼을 한 부모는 물론 별거 중이거나 서류상으로만 부부일 뿐 사실상 이혼 생활을 하고 있는 경우도 많아요. 아이들은 그런 부모를 보며 '저럴 거면 왜 결혼을 했나', '사랑은 한순간이구나'라는 생각을 품기도 하죠.

고민 상담을 해온 학생은 부모의 이혼이 아무렇지 않다고 생각했지만 내면 깊은 곳에서는 그렇지 못했던 모양입니다. 부모님이 싸우는 모습을 보면 불안과 위기감을 느낄 수밖에 없어요. 우리 뇌는 그 상황을 벗어나기 위해 '모른 척'이라는 태도를 취하지요. 혹시 누군가 떠나가더라도 상처받지 않기 위해 방관하는 자세를 취하는 거예요. 아주 어린 꼬마였다면 울어버렸겠지만, 조금 크고 나니 감정을 숨기고 조절하는 복잡한 방법을 쓰는 겁니다. 부모님의 이혼 후에도 '하나도 안 슬퍼. 둘이 싸우는 모습을 안 보니 오히려 편하고 좋아' 하며 쿨하게 지냈지만 마음속에는 불안과 위기감은 아직 남아 있습니다. 그 친구가 나를 떠날지도 모른다는 불안함, 이렇게 다투다가는 큰 싸움이 될지도 모른다는 위기감, 그냥 내가 잘못했다고 하는 게 편했던 거죠. 두 번째 남자 친구에게는 또 떠날지 모른다는 불안함이 집착으로 드러났던 거 아닐까요. 날 벗어나지 못하도록 수시로 전화하고, 귀찮을 만큼 모든 것을 챙겨주는 거죠. 내가 뭘 잘 못해준 건 아닌지 계속 염려가 되고요.

하지만 심각하게 생각하지 마세요. 청소년들은 누구나 서툴고 부족한 사랑을 하니까요. 성장 과정에서 부모의 영향을 받지 않는 사람은 없어요. 부모님 중 한 분이 일찍 돌아가신 경우도 있고 술주정이 심한 아버지 때문에 상처가 많은 경우도 있죠. 고민 학생은 부모님의 이혼이라는 가정환경의 영향을 받은 것뿐이에요. 사랑의 모습이 이대로 굳어지는 것은 아닙니다. 대부분은 내 상황을 이해해주는 사람을 만나 마음의 병을 모두 치료하지요. 그런

게 사랑이니까요. 또 스스로 '내 마음 속에 이런 저런 문제가 있구나'라는 것을 알게 되면 점점 나아지기도 해요.

　　지금까지 만난 남자 친구들도 사랑에 서툰 십대들이었을 겁니다. 나의 마음을 모두 이해하고 받아들여줄 만큼 성숙하지 못한 상태죠. 앞으로는 더 좋은 사람들을 만나 행복한 사랑을 할 수 있을 거예요. 혹시라도 '부모 때문에 제대로 남자 친구도 못 사귄다'라는 원망의 마음을 품었다면 내려놓기 바랍니다. 부모님도 사람이지요. 사랑받고 싶고 사랑하고 싶은 사람이나 내 마음을 몰라주는 사람 때문에 힘이 빠지고, 지키지 못한 가정 때문에 가슴이 무너지는 사람이에요. 내가 사랑에 실패해서 속이 상하듯 부모님도 사랑을 이루지 못해 아파하실 것입니다. 부모님의 마음을 다독여주세요. 그러는 동안 내 마음도 다독여지고 자연스럽게 부모님의 이혼으로 인한 상처와 불안함도 사라질 것입니다.

몸의 사랑,
마음의 사랑이 넘쳐 서로에게
더 가까이 가고 싶어지는 것,
마음이 없이는 불가능한 것,
더 없이 정성스러워야 하는 것!

Part
five

마음의 사랑
몸의 사랑

episode 22

스킨십의 원칙

희원이와 경진이, 은희는 학교신문 편집부 동아리 동기다. 1학년 때부터 동기들과 잘 어울려 지냈지만 경진이와 은희가 사귀기 시작한 건 2학년 여름방학부터이다. 경진이가 은희를 좋아한다는 걸 눈치 챈 이후 희원이는 둘의 열렬한 후원자가 되어주었다. 경진이가 부끄러워 고백을 못할 때에도, 은희가 토라져 연락이 끊겼을 때에도 희원이는 늘 경진이의 코치였다.

"야, 용기 있는 사람이 미인을 얻는 거야. 내가 전화해줄게."

"무조건 잘못했다고 해. 져주는 남자가 멋있는 거야."

첫 키스도 희원이 공이 컸다.

"너네 어디까지 갔냐?"

짓궂은 희원이의 질문에 경진이는 얼버무렸다.

"뭘 어디까지 가. 그냥 친군데."

"무슨 그냥 친구야! 둘만 따로 논 지가 얼만데. 지금까지 손만 잡고 다닌 거야?"

"아, 됐어."

"되기는 인마, 형님한테 얘기해봐. 도와줄게."

사실 경진이도 손잡는 거 말고는 더 이상 진전이 없다는 게 마음에 걸리긴 했다. 하지만 은희는 사귀기 전이나 후나 경진이를 대하는 태도에 변함이 없으니 갑작스럽게 분위기를 잡기도 어색한 거다. 그날부터 경진이와 희원이는 첫 키스를 위한 작전을 짰다.

"야, 이렇게까지 해야 되냐? 은희가 화내면 어떻게 해."

"야, 넌 착한 거냐, 바보 같은 거냐? 그럼 키스해도 된다고 엄마한테 도장 받아올래?"

첫 키스인 만큼 날짜 선택도 중요했다. 무언가 기념이 될 만한 날이 좋을 텐데 은희 생일은 한참 전에 지났고, 만난 지 며칠이 됐는지는 100일 이후 잘 챙기지 않아 생각도 안 난다. 1년 정도 됐을 텐데 이럴 줄 알았으면 잘 적어 둘 것을 그랬다. 또 그 좋은 크리스마스 때는 왜 아무 생각 없이 지나쳤을까.

"그래! 밸런타인데이!"

남자가 선물을 주는 화이트데이가 더 적당하겠지만 개학 후에는 이래저래 바쁠 것 같고 밸런타인데이보다 한 달이나 늦으니 그것도 마음에 걸렸다. D-day를 정했으니 이제 구체적인 행동 작전을 세울 차례이다.

"근데 어디서 하나? 날씨가 추우니까 공원 같은 데 앉아 있을 수도 없잖아."

"어디 장소를 정하지 말고 갑자기 해버리는 건 어때? 은희 집에 바래다 주면서 뽀뽀하고 도망쳐 버려."

"뭐야. 그건 좀 그렇다."

"분위기 좋은 커피숍 없을까? 구석 자리는 잘 안 보이잖아."

둘은 또 머리를 굴렸다. 친구들 만날 때마다 으레 가곤 하는 전철역 주변 번화가에 있는 커피숍들을 하나씩 떠올려 봤다.

"거기 어때? ○○피씨방 맞은편에 있는 커피숍 있잖아."

"아! 떡볶이집 2층?"

"그래. 밖에서 보기에는 좋아 보이던데? 다른 커피숍들은 나무 의자로 되어 있는데 거긴 소파잖아. 소파가 커서 옆자리 사람들이 잘 안 보일 거야."

그 커피숍이라면 경진이도 잘 안다. 전철역 바로 옆이라 오가며 항상 눈에 띄었고 특히 밤에는 훤한 불빛으로 내부가 밖에서도 잘 보였는데 푹신한 소파와 우아한 커튼 장식으로 고급스러워 보이는 곳이었다.

"너 거기 가 봤나?"

"아니."

"하긴 음료수 한 잔 마시러 그런 데 갈 리가 없지."

"동아리 애들한테 물어보지 뭐. 여자애들은 그런데 잘 가잖아."

동아리 친구들로부터 꽤 괜찮은 곳이라는 정보를 입수한 둘은 사전답사를 위해 그 커피숍에 갔다. 밖에서 보았던 것보다 훨씬 아늑하고 편안한 분위기였다. 희원이 말대로 큰 소파 자리가 마련되어 있어 자연스럽게 주변이

가려졌다. 그 중에서도 화분 옆 창가 자리가 가장 좋아 보였다.

"저 자리가 좋겠다. 일찍 와서 찜하고 앉아 있어야지."

이제 남은 건 은희에게 어떻게 다가가느냐는 것이다.

"평소처럼 자연스러워야 하지 않을까?"

"자연스러운 게 좋지. 근데 둘이 어디 가면 마주 보고 앉아, 아니면 옆에 나란히 앉아?"

"마주 보고 앉지. 나란히 앉을 때는 영화볼 때밖에 없을걸? 은희가 원래 내 옆에 딱 달라붙고 그러지 않잖아."

"그럼 마주 보고 앉아서 어떻게 뽀뽀를 하냐? 그럼 장소를 극장으로 바꿀까?"

첫 키스를 위한 작전 회의는 진지했다.

"선생님, 키스하기에 극장이 좋아요, 커피숍이 좋아요?"

"야, 내가 이제 별걸 다 컨설팅하는구나. 뭐 장소보다 둘 사이의 공감이 더 중요하지 않나? 보고 있는 영화가 러브 스토리라면 극장이 나을 수도 있겠고, 극장에서 뽀뽀하려면 맨 뒷자리여야 하겠지? 여자 친구가 키스해도 좋대?"

"아뇨. 그냥 제가 하려고요. 그런 거 물어보면서 키스해요?"

"꼭 물어보지 않아도 서로 통할 수도 있지만 일방적으로 하는 건 좀 아닌 거 같은데? 여자 친구는 전혀 모르는 거야? 너 혼자 기습 뽀뽀를 하겠다고?"

"아마도요."

"그럼 예고라도 해줘. 밸런타인데이에 뽀뽀하고 싶은데 어떠냐고."

"싫다고 할 거 같은데요."

"좋다고 박수칠 여자가 어디 있겠냐? 부끄러워서 싫다고 할 수도 있지. 정말 싫어서 펄펄 뛰는 정도라면 안 하는 게 맞는 거고. 뭐 어쨌든 나라면 극장보다 커피숍이 날 거 같아. 영화에 집중하고 있는데 갑자기 뽀뽀를 하면 얼마나 짜증나겠니? 어두운 데서 음흉한 생각하는 남친이 실망스러울 수도 있고."

"음, 그럼 커피숍으로 해야겠네요."

"커피숍이든 다방이든 네 맘대로 해버리는 건 다시 생각해봐."

"헤헤, 생각해볼게요."

경진이는 얼렁뚱땅 대답을 피했다. 첫 키스의 단꿈에 들떠 작전구상에만 몰입한 모양이었다. 희원이는 은희와 경진이를 나란히 앉히기 위해 지원 병력을 동원했다. 친구들 서넛을 더 불러 경진이 옆자리만 남기고 자리를 모두 채워 앉기로 한 거다. 약속한 시간보다 먼저 모여 있다가 은희가 오면 경진이 옆에 앉히고 적당히 시간을 끌다가 친구들은 빠져 나가기로 했다.

"하하! 여자 친구가 이상하게 생각하겠다. 평소에 남자애들끼리 그런 데서 모이지 않잖아."

"절대 안 가죠. 그래도 뭐 때문에 거기 모였는지는 모를 거예요. 나중에는 알게 될 수도 있지만."

"작전을 그렇게 짠 걸 보면 아직 여자 친구한테 얘길 안 했나 보네?"

"에이, 선물을 미리 보면 재미없잖아요."

"선물? 여자 친구보다 네가 더 좋아할 거 같은데?"

그렇게 D-day가 다가오고 경진이는 친구들의 도움을 받아 첫 키스에 성공했다.

"친구들한테 한 턱 내야겠는데? 근데 표정이 왜 그래? 별로 안 좋았어?"

"아니오. 좋았어요."

"그럼? 작전이 너무 쉽게 끝나서 허무해?"

"은희가 별로 안 좋았나 봐요."

"왜?"

"그냥 좀 당황하는 거 같더니 집에 갈 때까지 말도 잘 안 하고, 웃지도 않고."

"거 봐라. 미리 얘길 했어야 한다니까."

"그런가? 그래서 미안하다고 그랬는데 그냥 됐다고, 괜찮다고 말은 그렇게 하는데 되게 쌩~ 해요."

"으이그 미련하기는……. 여자를 이렇게 몰라서 어찌 연애를 할까. 이 난관을 어떻게 극복할지 희원이랑 또 작전 회의 해봐라. 앙?"

경진이는 한동안 은희의 눈치를 봐야 했다. 은희는 아무렇지 않은 척했지만 예전처럼 편한 분위기는 아니었다. 이대로 시간이 지나면 나아질까. 경진이는 늦게라도 은희의 마음을 물어봐야겠다고 생각했다.

"내가 갑자기 뽀뽀해서 화난 거야?"

은희는 피식 웃었다. 그 일을 마음에 담아두고 있는 경진이가 고맙기도 하고 귀엽기도 했으리라.

"처음에는 놀라서 아무 생각이 없었는데 집에 와서 생각해보니까 좀 화도 나더라. 당한 기분도 들고."

"……."

"이렇게 유치하게 뽀뽀할 만큼 우리 사이가 그거 밖에 안 됐나 싶기도 하고."

"미안해."

"아니야. 뭐 미안할 거까지는 없어. 언제든 어떻게든 했겠지. 그냥 좀 나도 첫 키스는 예쁘게 기억에 남게 했으면 싶었어. 이렇게 지나고 나니까 좀 서운하긴 하네."

은희의 말을 들으며 경진이는 부끄러워졌다. 첫 키스를 그저 쟁취의 수단으로만 여겼던 자신과 달리 은희는 둘 사이의 관계를 생각하고 첫 키스의 의미를 생각하고 있었던 거다. 사랑은 혼자 하는 게 아니라는 것, 나 좋을 대로만 해서는 안 된다는 것을 다시 제대로 배우는 순간이었다. 마음이 닿는 사랑은 물론, 그것이 표현되어 몸이 닿는 사랑은 더욱 신중하고 상대를 배려해야 한다.

"그날 일은 없던 걸로 하고 첫 키스를 다시 하면 어때?"

"다시요?"

"은희도 예쁘고 기억에 남는 첫 키스를 하고 싶었다고 하잖아."

"네."

"그러니까. 화이트데이도 좋고 은희 생일도 좋고 날짜를 다시 정해서 하는 거지."

"음, 그럴까요?"

"은희도 좋아할걸? 그날 우리가 첫 키스를 할 테니 기쁜 마음으로 예쁜 옷 입고 나오라고 정식으로 초대해. 공주마마 모시듯."

"오~ 벌써 오글거려요."

"뭐가 오글거려. 뽀뽀는 입술로만 하는 게 아니야. 마음으로 준비를 해야지. 은희한테 줄 편지도 쓰고 할 수 있으면 선물도 사고 눈 감으라고 하고 멋지게 키스를 해줘봐. 그런 키스 싫어할 여자 없을걸? 갑자기 자기 마음대로 해버리는 건 정말 무식한 거야."

"처음부터 그렇게 할걸 그랬어요."

"남자애들이 그렇지 뭐. 여자 친구 마음은 얻으려고 하면서도 소중히 여길 줄을 몰라."

"맞아요."

"사랑을 하면서 몸이 가까워지는 건 자연스러운 과정이야. 하지만 상대방도 나만큼 마음이 가득한지 살펴야 해. 다음에 또 뽀뽀가 하고 싶어지면 은

희한테 물어봐."

"물어봐요? 어떻게요?"

"은희야 뽀뽀해도 돼? 은희야 뽀뽀해줘. 이렇게."

"하하! 진짜 그래야겠어요."

경진이는 예의 없이 뽀뽀한 죄로 제대로 첫 키스를 하기 전까지 은희의 손끝도 건들지 않기로 약속을 했다. 그렇게 한 달이 지나 화이트데이에는 그 커피숍에 가서 은희의 허락을 받고 다시 첫 키스를 했다. 바람잡이 친구들도, 속임수도 필요 없는 둘의 진심으로 충분한 시간이었으리라.

"어땠어?"

"은희가 되게 좋아했어요. 막 웃기도 하고 편지 읽으면서는 울려고도 하고 그러더라고요."

쑥스러운 과정을 거치며 소중한 사랑을 키워가는 경진이가 더 없이 멋있어 보였다. 앞으로도 그렇게 사랑을 이어가길, 상대방의 마음을 존중하는 것이 스킨십의 가장 중요한 원칙임을 늘 기억하길 바란다.

말을 돌보는 할아버지가 멀리 외출하면서 소년에게 말을 부탁합니다.
소년은 자신이 얼마나 그 멋진 종마를 사랑하고,
또 그 말이 자신을 얼마나 믿고 있는지 알고 있으므로,
이제 그 종마와 단둘이 보낼 시간이 주어진 것이 뛸 듯이 기뻤다.
그런데 그 종마가 병이 난다. 밤새 진땀을 흘리며 괴로워하는 종마에게
소년이 해줄 수 있는 일이라고는 시원한 물을 먹이는 것밖에 없었다.
그러나 소년의 눈물겨운 간호도 보람 없이 종마는 더 심하게 앓았고,
말을 돌보는 할아버지가 돌아왔을 때는 다리를 절게 되어버린다.
놀란 할아버지는 소년을 나무랐다.
"말이 아플 때 찬물을 먹이는 것이 얼마나 치명적인 줄 몰랐단 말이냐?"
소년은 대답했다.
"나는 정말 몰랐어요. 내가 얼마나 그 말을 사랑하고 그 말을 자랑스러워했는지
아시잖아요."
그러자 할아버지는 잠시 침묵한 후 말한다.
"얘야, 누군가를 사랑한다는 것은, 어떻게 사랑하는지를 아는 것이란다."

-공지영 『봉순이 언니』 중에서

episode 23

넌 소중하니까

소혜가 진운이를 알게 된 건 친구네 동아리의 봉사활동에 따라가서였다. 참가 가능 인원에 여유가 생겨 소혜처럼 동아리 회원이 아닌 아이들 몇몇이 끼어들 수 있었다. 특별히 봉사활동 시간을 채울 만한 기회가 없었던 터라 소혜는 친구의 제안을 얼른 받아들였다.

봉사활동의 내용은 다문화 가정의 아이들의 소풍 도우미였다. 아이들과 놀이 짝꿍도 되어주고 화장실도 데려다 주며 소풍 일정 동안 질서, 안전을 돕는 일이었다. 놀이공원에 가서 놀이기구 하나 못 타고 돌아오기는 처음이 었다.

"자이로드롭 진짜 타고 싶더라. 오늘은 줄도 별로 길지 않던데."

"중학교 때는 연속으로 다섯 번씩 타고 그랬었는데 요즘은 멀미나. 늙었나 봐."

봉사활동을 마치고 그냥 헤어질 리 없는 아이들은 햄버거를 먹으며 참았던 수다를 풀었다. 동아리 부장은 리더답게 동아리 회원이 아닌 친구들 중심으로 간단히 소개를 하고 편한 분위기를 이끌었다. 동아리 회원이 아니라도 다들 절친을 데려온 탓에 평소 익숙한 얼굴들이었다.

　동아리 남자 아이들과 늘 농구를 하던 녀석. 소혜도 진운이를 종종 봤었다. 소개하는 내용을 들으니 동아리 부장 반의 체육부장으로 체대 진학을 준비하고 있다고 했다. 유도와 태권도를 어릴 때부터 했고 못하는 운동이 없고도 했다.

　'그래서 얼굴이 저렇게 까맣구나. 어디서 저런 안경을 구했을까?'

　그때까지만 해도 진운이가 특별해 보이지 않았다. 김구 선생님 안경을 끼고 있는 게 좀 희한했을 뿐. 그런데 점점 진운이의 행동이 눈에 들어오기 시작했다. 햄버거를 주문하고 차례로 나오는 음식을 나누는 것부터 냅킨을 가져다주는 것, 다 먹은 음식을 치우는 것까지 마치 알바생이라도 되는 양 번거로운 일을 나서서 했다. 구석 자리에 앉아 오가기가 불편한 친구들에게는 "콜라 리필해서 가져다줄까?"라고 묻기도 하고, 모든 아이가 여러 가지 사이드 메뉴를 먹을 수 있도록 음식을 나누어주기도 했다. 진운이와 친한 남자아이들은 칭찬을 아끼지 않았다.

　"역시 최 매너야."

　어릴 때부터 유도와 태권도를 했다던 체육부장의 이미지와 어울리지 않게 진운이의 배려는 세심했다. 동아리 부장을 비롯한 남자아이들이 성적도 별로인 진운이를 왜 그리 좋아하는지 알 것 같았다. 단지 운동을 잘하는 것

뿐 아니라 사려 깊은 행동에 진운이의 바른 인성이 담겨 있었던 거다. 봉사 활동 점수를 위해 얌체 같이 빌붙은 소혜와 달리 진운이는 친구들이 오히려 꼭 데려가야 한다며 끌고 왔다고 했다.

진운이에 대한 좋은 인상을 품고 그날의 뒤풀이는 끝이 났다. 다음날부터 소혜의 눈에는 운동장에서 농구를 하는 진운이가 새롭게 보였다. 유심히 지켜보니 멀리 굴러가는 공을 가져오는 빈도도 다른 아이들보다 진운이가 많았고 물을 마실 때도 친구들에게 먼저 권한 후 자신이 마셨다.

'최진운!'

소혜가 진운이를 다시 만나게 된 건 독서실에서였다.

"어!"

복도에서 소혜를 마주친 진운이는 눈을 동그랗게 뜨며 아는 척을 했다가 이름이 얼른 생각이 나지 않았는지 머리를 긁적였다. 둘은 휴게실 테이블에 마주 앉았다.

"뭐 마실래?"

진운이는 캔 음료수를 따서 입이 닿는 부분을 휴지로 닦아서 건네주었다.

"너 이 독서실 다녀?"

"응. 등록은 해놨는데 운동하러 다니느라고 자주는 못 와."

음료수 하나를 마시는 동안 별 특별할 것 없는 대화를 나눴다.

"음료수 고마워. 다음에는 내가 살게."

"뭘 음료수 하나 가지고. 너 오늘 몇 시까지 공부해?"

진운이는 소혜의 빈 캔까지 분리수거통에 넣으며 물었다.

"10시나 11시 정도?"

"집에 갈 때 불러. 데려다 줄게. 밤에 혼자 가면 위험하잖아."

"정말? 위험하긴, 늘 다니는 길인데 뭐."

말은 그렇게 했지만 소혜는 기분이 좋았다. 열시 반이 조금 넘어 소혜는 가방을 챙겼고 진운이는 정말 소혜를 집까지 데려다 주었다.

"밤이라 쌀쌀하다. 가는 동안 이거 입어."

진운이는 입고 있던 카디건을 벗어주었다.

"아니, 괜찮……. 고마워."

소혜는 좋으면서도 당황스럽고 헷갈리면서도 행복했다. 집까지 걸으면서도 진운이의 행동은 매너 그 자체였다. 찻길 쪽은 남자가 서야 한다며 소혜를 안쪽으로 걷게 했고 소혜의 가방을 들어주었음은 물론, 아파트 엘리베이터 버튼까지 눌러주었다.

"고마워. 이렇게까지 안 해도 되는데."

"아니야. 다음에 또 밤에 혼자 갈 때 불러."

그날부터 소혜의 마음속에는 진운이로 가득했다.

"선생님 진운이 어떤 거 같아요?"

"어떻긴, 네 눈이 벌써 하트가 뿅뿅인데. 근데 좀 선수 같지 않냐?"

"좀 그렇기도 한데요. 워낙 그런 행동이 몸에 밴 거 같기도 해요. 주변 사람들한테 잘해주는 건 남자애들하고 있을 때도 마찬가지거든요."

"그럼 너 말고 다른 여자애들한테도 다 그렇게 잘하겠지."

"휴~ 그러겠죠?"

알면서도 마음이 끌리는 건 어쩔 수 없었다. 진운이는 독서실에 오는 날이면 빼놓지 않고 소혜를 집까지 데려다 주었고 소혜가 저녁을 못 먹은 날에는 도시락을 사다 주기도 했다.

"선생님 웃지 마세요. 진운이랑 같이 있으면요. 꼭 공주가 된 기분이에요."

"큭~. 그렇겠다."

"어디 앉을 때도 의자에 뭐 묻었나 봐주고요. 뭐 먹을 때는 뚜껑 다 열어주고 냅킨 깔아주고, 집에 갈 때는 가방 들어주고. 전 손 하나 까딱 안 하거든요."

"그래서 진운이가 좋은 거야? 머슴 부리는 거 같아서?"

"모르겠어요. 솔직히 그럴지도 모르죠. 처음에는 요즘 애들답지 않게 배려심이 많아서 좋았는데 둘이 만나다 보니까 저한테 잘해주는 게 좋은 거 같기도 하고……."

"음~."

"근데 하나 걸리는 게 있어요."

"뭐?"

"다 좋은데요. 좀 스킨십이 많아요."

"진운이가?"

"네."

최 매너 진운이가 스킨십이 많다니 의아했다.

"어떻게?"

"뭐 예를 들어 카디건을 입으라고 할 때 그냥 주면 될 텐데 입혀준다든지, 차 온다고 저를 잡을 때도 다른 남자애들은 옷을 잡거나 그러거든요. 그런데 진운이는 두 손으로 제 어깨를 안 듯이 잡아요. 며칠 전에는 비가 와서 우산을 같이 썼는데, 비 맞는다고 저를 한쪽 팔로 안더라고요. 하지 말라 그럴 수도 없고, 엉큼한 생각으로 그러는 거 같지는 않은데……."

"엉큼한 생각을 하는지 안 하는지 어떻게 알아? 네가 불편하면 하지 말라고 그럴 수도 있지."

"그래도 그 상황에서 어떻게 그래요. 저리 가라고 오버하는 것도 웃기잖아요."

"뭐 진운이는 딴에는 너를 좋아하는 표현일 수도 있겠지. 아무리 매너가 좋고 상대를 위한 행동이라도 받아들이는 사람이 거북하면 안 되는 거야. 오버까지는 아니더라도 네가 적당히 제어할 수 있는 부분도 있잖겠어?"

"……?"

"옷을 입혀주려고 할 때는 '내가 입을 게'라고 한다든지, 비가 갑자기 오면 엄마나 동생한테 우산 가지고 나오라고 할 수 있잖아. 편의점에서 비닐우산을 하나 사든지. 스킨십이 마음에 걸린다고 하면서도 진운이를 좋아하는 마음 때문에 은근히 네가 방치한 부분도 있을 거야."

"음, 그럴 수도 있겠네요."

"진운이를 탓하기 전에 네가 먼저 야무지게 처신하는 게 좋아."

여학생들은 옷차림, 몸가짐을 단정히 해야 한다는 것을 잘 알면서도 마음에 드는 남자 친구 앞에서는 갑자기 너그러워진다. 꼭 속이 다 보이는 옷을 입어야만 잘못된 건 아니다. 스킨십에 불편함을 느끼면서도 거절이 미안해서, 때로는 촌스러워 보일까봐 참는 것 또한 미련한 거다.

"진운이가 어떤 마음으로 너에게 잘해주는지는 두 번째야. 스킨십에서는 진운이의 의도와 상관없이 네가 어떻게 느끼는지가 더 중요해. 넌 소중하니까."

소혜는 쑥스러운 듯 혀를 쏙 내밀었다. 그날 이후 소혜는 지혜롭게 행동하려고 애썼다. 부담스러울 만큼 가까이 있을 때는 자연스럽게 자리를 옮겼고 독서실 사물함에는 긴팔 카디건과 작은 우산을 갖다 두었다. 진운이를 만나는 즐거움을 스킨십에 대한 부담으로 망치고 싶지 않기 때문이었다. 가끔은 진운이가 여자를 꼬시는 선수라 일부러 오버 매너를 부리는 게 아닐까, 처음에만 잘해주다가 다른 여자 친구가 생기면 쌩 하는 건 아닐까 의심이 들기도 했다. 하지만 진운이는 둘이 같이 있을 때만 잘해주었을 뿐 귀찮은 메시지나 느끼한 말로 소혜를 헷갈리게 하지는 않았다.

"이제 진운이가 하는 매너 짓에도 익숙해졌나 봐요."

"왜? 늘 잘해주니까 좋은지 모르겠어?"

"처음에는 앉으라고 의자만 빼줘도 완전 신기하고 감동하고 그랬거든요. 근데 요즘은 의자 빼주고 냅킨 갖다 줘도 그냥 그런가 보다 해요. 가방도 당연히 들어주는 것처럼 제가 먼저 들으라고 하고요. 우산 같이 쓰느라고 너무 가까이 있으면 귀에다 대고 숨 쉬지 말라고, 느낌 이상하다고 농담처럼 말하고 그래요."

"많이 친해져서 그런가 보다. 잘됐네. 바들바들 떨면서 좋아하던 때보다 훨씬 나은 거 같은데?"

"네. 저도 지금이 더 편하고 좋아요."

"공주 같은 기분은 어쩌고?"

"제가 그동안 그런 대접을 못 받고 살아와서 그랬었나 봐요. 많이 익숙해졌는데도 진운이가 잘해주는 게 고맙고 좋아요."

"고마운 마음이 든다니 다행이다."

"진운이랑 친해지고 나니까 진운이 주변에 왜 그렇게 공부 잘하고 잘나가는 친구들이 많은지 알겠어요. 매너 좋은 건 그냥 눈에 보이는 거고요. 마음이 진짜 착해요. 화도 안 내고요. 짜증 내는 거 한번도 못 봤어요."

"멋진 녀석이네."

"네, 진짜 괜찮아요."

"그렇게 착해가지고 어떻게 지금까지 힘든 운동을 했는지 모르겠어요."

"힘든 운동하면서 도의 경지에 이르렀는지도 모르지."

"하하!"

소혜는 든든한 보디가드 친구가 생긴 것 같다고 했다.

"진운이를 만나면서 매너 좋은 남자에 대한 편견을 버리게 됐어요. 남자 친구 만날 때 어떻게 행동해야 하는지 요령도 생겼고요."

"그 상대가 진운이라서 다행이다. 개념 없는 남자애였다면 서로 자존심 상하고 상처받는 일들도 많았을 거야."

"맞아요."

요즘 소혜는 진운이의 '매너 짓'을 따라 해보려고 애쓴다. 진운이가 필요한 건 뭘까 먼저 생각해보고 운동하러 가는 진운이에게 얼음물을 챙겨주는가 하면, 다른 친구들과 함께 있을 때는 냅킨을 가져다 주고 내가 먹은 것이 아니라도 쟁반을 치운다.

이성에 눈 뜨는 시기에 사랑을 하며 배우고 성장하는 모습은 참으로 예쁘다. 스킨십을 받아들이고 대응하는 지혜 또한 그렇게 커가는 것 아닐까. 사랑 앞에 설레는 모든 청소년들 속에 나를 소중히 여기는 마음, 상대방을 소중히 여기는 마음이 가득하기를 바란다.

20~40대 미·기혼 남녀 1,069명을 대상으로
'선호하는 이성의 성격'을 물었더니
남녀 모두 '배려'를 1위로 답했다★.

남자와 여자는 참 다르지만 서로를 아끼고 위하는 마음만큼은
똑같이 중요하다.
그래서 남녀 간의 사랑에는 서로의 차이를 이해하는 머리와
끝없이 서로를 위하는 가슴이 모두 필요하다.

★ EBS, 중앙대 심리학과 공동연구

	남	여
1위	배려	배려
2위	상냥	성실
3위	활발	유머

episode 24

치마 좀 길게 입으면 안 될까?

진호는 사람 많은 전철을 탈 때마다 두 팔을 모두 올려 손잡이를 잡는다. 손잡이를 잡기가 어려우면 양팔을 교차해 팔짱을 낀다. 무심코 주머니에 손을 넣고 있다가 치한으로 오해를 받은 적이 있어서다.

"출근 시간이어서 사람이 진짜 많았거든요. 신도림역 아침마다 장난 아니에요. 주머니에 손을 넣었는데 뺄 수도 없었어요. 근데 옆에 있는 아줌마가 저를 계속 이상한 눈으로 쳐다보는 거예요. 전 가만히 있었는데! 그러더니 갑자기 학생 그 손 좀 치우라고 막 큰 소리로 뭐라 그러는 거예요. 사람들이 다 쳐다보고 어떤 아저씨는 죽일 놈이라고 욕하고요. 완전 어이 없어가지고."

"그래서?"

"다음 정거장에서 내렸어요. 미친놈 취급 받으면서."

"바지 주머니에 손을 넣었으니까 손 위치가 그 아줌마 엉덩이쯤 됐겠지."

"그래도 손등이잖아요. 그것도 주머니 안에 있는 손이고."

"전철이 흔들리고 하니까 아줌마는 기분 나쁘게 느꼈을 수도 있어. 또 교복 입고 있으니까 혼내줄려고 일부러 크게 말씀하셨을 수도 있고. 그래도 억울하긴 하겠다. 그래서 두 손 다 들어서 손잡이를 잡는 거야?"

"네."

전철을 타고 등하교를 하는 진호는 오가는 길에 이런저런 일들을 많이 겪는다. 날이 더워지자 짧은 치마를 입고 계단을 오르는 여자들이 눈에 거슬리기 시작했다.

"꼭 몸매도 안 되는 것들이 교복 줄여 입고 다닌다니까요. 특히 여자들 짧은 치마 입고 계단 올라 갈 때 가방으로 뒤에 가리고 가는 거 진짜 꼴불견이에요. 그럴 거면 왜 입어요? 가린다고 가려지지도 않아요. 자기 허벅지는 생각도 안 하고 손바닥만 한 가방으로."

"하하. 그래도 남자들은 짧은 치마 좋아하지 않아?"

"그것도 입는 사람 나름이죠. 예쁜 여자가 예쁘게 입어야 보기 좋지, 진짜 못 봐주는 경우도 많아요."

"그건 남자들도 똑같지 뭐. 분명 민소매 티 입은 건데 런닝셔츠 입은 것처럼 보이는 사람도 있으니까."

짧은 치마에 대해 한참을 투덜거리던 진호는 여자 친구를 만나기로 했다며 일찌감치 가방을 쌌다. 약속시간 늦는 것을 질색하는 진호는 그날도 어김없이 10분 전에 선주가 내리는 버스 정류장에 도착했다. 시간 지키기로는 뒤지지 않는 선주는 1분도 늦지 않고 버스에서 내렸다. 진호를 보고 반가워하며 팔랑 뛰어내리는 선주를 보고 진호는 인상을 썼다.

"야, 너 치마가 그게 뭐냐?"

진호가 못마땅하게 여겼던 짧은 치마를 선주가 입고 나왔던 거다.

"왜?"

"너무 짧잖아."

팔랑거리던 선주의 표정이 싸늘해졌다.

"아 진짜. 너까지 나한테 왜 그래? 옷도 내 마음대로 못 입어? 너도 남자라고 보이는 게 다리밖에 없냐? 유치한 놈들."

선주는 크게 기분이 상한 모양이었다. 얼마간의 침묵이 흐르고 분위기가 가라앉자 진호가 말문을 열었다.

"왜 그렇게 발끈해? 누가 또 너 치마 가지고 뭐라 했어?"

"옷 입고 나오는데 치마 짧다고 엄마가 뭐라 하잖아. 그 말을 네가 똑같이 하니까 짜증이 나지. 또 여기 오는 버스에서 무슨 일이 있었는지 알아? 계속 앉아서 오다가 내리려고 일어났는데 뒷줄에 앉아 있던 남자애들이 '야 쟤 다리 봐. 장난 아니다' 그러는 거야! 작게 얘기한다고 한 건데 버스가 조용하니까 나한테까지 다 들렸어. 버스에 있던 사람들 다 들었을걸? 사람들이 막 힐끗거리면서 쳐다보고 진짜 창피해서 죽는 줄 알았네. 거기에다 대고 버스에서 내리자마자 네가 치마 짧다고 하니까 짜증나잖아."

진호는 웃음을 참느라 혼이 났다.

"그래서 그렇게 화를 냈던 거야?"

"근데 내 다리가 그 정도로 못생겼어?"

"아니."

"근데 왜 짧은 치마 입지 말래?"

"그냥 뭐 불편하기도 하고, 단정하게 입는 게 좋잖아."

"내가 안 불편한데 왜 남들이 걱정이야? 무슨 조선시대도 아니고. 이렇게 놀러 나올 때 아니면 언제 멋 부리냐? 너처럼 교복만 입고 다닐까?"

선주는 입을 삐죽 내밀었다. 진호는 짧은 치마에 대해 부정적이면서도 선주의 질문에는 딱 부러지게 대답을 할 수가 없었다.

"선생님. 여자들은 왜 짧은 치마를 입어요?"

"예뻐 보이고 싶어서 그러지 뭐."

"안 예쁜데요?"

"하하. 선주도 안 예뻐?"

"선주는 여자 친구니까 예쁘게 보는 거고요. 객관적으로 딱 판단하자면 별로예요."

"네 눈에만 예뻐 보이면 되지 뭐. 너 만난다고 나름 멋부리고 나온 건데 치마가 짧네, 어쩌네 잔소리를 했으니 얼마나 기운 빠지겠냐? 그럼 넌 여자들이 짧은 치마 입는 건 왜 싫은데? 너랑 아무 상관없는 그 사람들이 짧은 치마 입고 불편할까봐 싫은 건 아닐 거고."

"음, 안 예뻐서 싫은가?"

"뭐 그럴 수도 있지. 예쁜 여자면 꼴 보기 싫다는 마음은 안 들 테니까."

"짧은 치마에 눈길이 끌려서 봤는데 안 예쁘면 김빠지니까 그래서 더 싫을 수도 있어요."

"그렇기도 하겠네요."

"그럼 선주가 짧은 치마 입는 건 왜 싫은데? 안 예뻐서? 객관적으로는 별로여도 여자 친구니까 귀엽게 봐줄 수 있잖아?"

"저도 친구들이랑 같이 있으면 그 버스에 있던 남자애들처럼 여자들 다리 보고 예쁘네, 어쩌네 그러거든요. 선주도 짧은 치마 입으면 다른 남자들이 쳐다보고 그럴 거 아니에요. 그게 싫어요."

"그럼 선주한테 그 얘길 해줘. 내 여자 친구를 남들이 힐끗거리는 거 싫다고. 괜히 단정한 게 좋네, 불편하네 하며 말 돌리니까 선주 기분만 상하잖아. '나를 소중히 여기는구나. 날 좋아해서 그러는구나' 하는 마음이 전해지면 잔소리로 여기지 않을 거야."

"(끄덕끄덕)."

"그리고 평소에 선주가 뭘 입든지 예쁘다고 해줘. 선주는 너 만나러 나온다고 나름 신경을 쓰는 모양인데 다른 날에는 관심도 없다가 짧은 치마 입은 날만 뭐라 하니까 너도 버스에 있는 남자애들이랑 똑같이 속물 취급당하는 거야."

여학생에 비해 이성의 몸에 관심이 많은 남학생들은 오히려 여학생들보다 보수적인 기준을 갖는다. 노출이 심한 여성에게 호기심을 보이면서도 정작 자신의 여동생이나 여자 친구에게는 단정한 옷차림을 요구한다. 진호도 친구들과 있을 때는 지나가는 여자들의 다리를 들먹이며 농담을 하면서도 여자 친구에게는 치마 좀 길게 입으라고 잔소리를 한다. 이런 이중성 또한 사랑하고 아끼는 마음 때문이리라.

"이제부터는 친구들이랑 놀 때도 다른 여자들 몸매나 얼굴 가지고 농담하는 거 자제해."

"왜요?"

"선주 말대로 버스에서 선주 다리 보고 뭐라 하는 남자애들이나 너나 유치하긴 마찬가지야. 네가 보기에는 예쁘지도 않은 다리에 짧은 치마 입는 게 어처구니없어 보이겠지만, 그 사람들도 누군가에게는 소중한 여자 친구고 가족이지 않겠어? 그리고 선주처럼 예쁘게 보이고 싶은 사람이 있으니까 그렇게 입었겠지."

"그렇겠네요."

"보이는 다리에 눈길이 가는 거야 어쩔 수 없지만, 이러쿵저러쿵 주책 떠는 건 참을 수 있잖아?"

"네."

"누군가를 사랑하다 보면 이렇게 조금씩 멋진 남자가 되어가는 거야."

진호는 '멋진 남자'라는 말이 마음에 든다며 연습장에 몇 번 끄적였다.

충분히 사랑받고 있음을 느끼는 여성이라면 더위와 패션을 핑계 삼아 팔다리를 드러내 놓고 나 좀 봐달라며 아우성을 치지는 않을 것이다. 부모보다 친구의 말에 힘이 실리는 청소년기에 서로를 키우는 우정과 사랑이 있다는 큰 축복이다. 특히 남자 친구는 '넌 누구보다 소중한 존재'라는 감동을 주기에 더없이 적합한 사람 아닐까.

짧은 치마에 대한 진호의 이야기를 들은 선주는 미소로 답했다. 무엇을 입든 내 여자 친구로 예쁘고 좋아 보인다는 진호의 마음이 전해진 모양인지 억지스럽게 멋을 부리는 일도 줄었다고 했다.

남녀의 차이에 대한 이해는 진호와 선주처럼 이성 친구를 통해 배우는 것이 자연스럽고 건강하다*. 세상의 모든 이성 친구들이 사랑을 하며 이렇게 성숙해지기를 바란다. 동성 친구가 줄 수 없는 특별한 애정과 배움을 나누며 말이다.

혹시 내 이성 친구가 짧은 치마로,
팔뚝 문신으로, 요란한 헤어스타일로
눈살을 찌푸리게 한다면
나의 사랑 표현이 인색했었는지 되돌아볼 일이다.
그렇게 하지 않아도 충분히 벅찬 사랑이라는 걸 느끼게 해주자.
그것이 그 사람을 사랑하는 사람의 과제다.

★ 성교육은 신체의 차이에 대해서만 다룰 뿐 마음의 차이에 대해서는 알려주지 않는다. 또 드라마와 영화는 얼마나 비현실적인가.

episode 25

사랑은 장난이 아니야

"선생님은 남편분이랑 만난 지 얼마 만에 키스했어요?"

"갑자기 그건 왜 물어?"

"그냥요. 그럼 남자 여자가 처음 만나서 그날 바로 키스할 수도 있을까요?"

"뭐 그럴 수도 있겠지."

"정말요?"

"상황에 따라 다르겠지만 서로 진심이라면 못할 것도 없지 뭐. 만난 지 얼마 만에 했는지는 중요하지 않을 거 같은데?"

"그렇죠? 서로 진심이어야겠죠?"

"당연하지. 술김에 한다든지 이런 건 정말 아닌 거 같아★."

★ '최악의 첫 키스'라는 설문에서 가장 많은 표를 얻은 항목은 '술 먹고 실수로 한 키스'였다.

"근데 왜? 너 오늘 질문이 이상하다?"

첫 키스 이야기를 물으며 호기심 가득한 눈을 반짝 거리기는커녕 고개를 푹 숙이고 땅이 꺼져라 한숨을 쉬고 있으니 무슨 일이 있어도 있는 모양이었다. 대충 집히는 데가 있어 한 번 떠보려는 의도로 질문을 던졌다.

"너 누구랑 뽀뽀했니?"

"⋯⋯?"

"그런 얘기를 심각하게 하는 게 이상해서 묻는 거야."

"네."

"누구? 그 초등학교 동창이라는 친구?"

"네."

"갑자기 걔랑 뽀뽀를 왜 했어? 아무 사이도 아니잖아."

"얼마 전부터 사귀기로 했어요."

"사귀기로 하고 바로 뽀뽀한 거야?"

"후~ 그러니까요. 어쩌다 보니 그렇게 됐어요."

남희와 동민이는 초등학교 친구다. 초등학교 졸업 후에도 몇몇 친한 아이들끼리 동창 모임이 이어지면서 제법 돈독한 사이가 된 거다. 동창 모임에 다른 남자아이들도 있었지만 남희는 동민이를 유독 마음에 두었다. 남희 입에서 남자 이름이 나오는 경우는 연예인을 제외하면 동민이밖에 없었다. 오랫동안 알고 지낸 사이고 남희가 평소 좋아하던 녀석이라 동민이와 사귀게 되었다는 소식은 놀랄 것도 없었다. 그런데 갑자기 키스라니!

"기말고사 끝나고 동창 모임이 있었거든요. 우리 사귀는 거 알게 된 후로는 처음 모이는 거니까 애들이 막 놀리고 그랬단 말이에요. 밥 먹고 노래방을 갔는데 동민이가 저한테 노래 불러 준다고 그래서 또 막 분위기가 업 됐어요. 노래가 딱 끝나니까 애들이 '뽀뽀해, 뽀뽀해' 그러면서 막 모는 거예요."

"그런다고 진짜 했어?"

"저도 그러다 말 줄 알았는데요, 애들이 장난이 아닌 거예요. 사귀는데 뭐 어떠냐고 그러면서요. 그래서 동민이가 제 손에다가 살짝 했어요. 근데 애들이 막 입에다 하라고 또 난리를 쳐가지고."

"뭐냐. 동민이도 어이가 없었겠다."

"네. 둘 다 황당해서 지금까지 서로 그 얘기를 안 한다니까요."

그냥 묻어두어도 될 일을 심각하게 이야기하는 모습이 귀엽기도 하고 안쓰럽기도 했다.

"애들끼리 모여서 놀다 보면 그런 일이 종종 있잖아. 게임 벌칙으로 뽀뽀하기 같은 거. 너무 마음 쓰지 마."

"그냥 장난으로 다른 남자애랑 벌칙 뽀뽀를 했으면 그냥 넘어갔을 거예요. 근데 동민이랑은 그게 아니잖아요. 애들은 장난으로 그랬겠지만 저는 좀 그래요. 진심으로 해야지 그렇게 장난하듯이 하는 거 싫거든요."

"뭣 모르는 친구들이 너희 둘 가지고 장난을 쳤구나. 철없는 것들. 사랑을 안 해봐서 그래."

정직하고 깨끗한 남희의 사랑이 참으로 예쁘게 느껴졌다. 어른들은 온갖

음란물이 판을 치는 세상, 거리낌 없는 스킨십이 쿨하게 여겨지는 문화를 걱정하지만 청소년들의 사랑은 그 속에서도 맑다. 어른들은 세상의 혼탁함을 많이 겪어 청소년들의 성문화에 대해 필요 이상 걱정하는 것 아닐까. 뉴스에 성 접대를 받은 정치인들의 이야기가 나오면 어른들은 혀를 차면서도 '저 위치까지 올라가면 왜 저런 일 없겠어. 저 사람만 재수 없게 걸린 거지'라고 일부 수용의 여지를 남겨둔다. 반면 청소년들은 '당장 거세 해야 한다'며 흥분을 한다.

남희가 마음에도 없는 뽀뽀를 하고 찜찜해하는 이유도 그 때문이리라. 오히려 선생인 내가 장난이니 괜찮다고 위로를 하고 있으니, 누가 어른이고 누가 아이인지 모르겠다. 사랑의 고결함 앞에 남희의 순수함이 부러웠다.

"그래, 사랑은 장난이 아니지. 동민이도 같은 심정일까?"

"비슷할걸요? 저만큼은 아니겠지만."

"그냥 아무 일도 없었던 척 지나가야지 뭐. 그리고 나중에 진심으로 마음이 통하면 그때 다시 뽀뽀해."

"그러려고요. 근데요 다음에 동창 모임에 나가면 애들이 또 그럴까봐 걱정이에요. 워낙 친한 애들이라 거리낌이 없어요."

"또 그럴 수도 있겠지. 근데 동민이도 그렇고 너도 그렇고 처음이니까 얼떨결에 당한 거지. 그런데 두 번은 안 당할 거 같은데? 둘이 조심해야지. 동민이가 너한테 노래 불러준다고 괜히 분위기 띄운 탓도 있어."

"하긴, 애들도 식상하게 계속 우리 둘만 가지고 놀지는 않겠죠?"

마음이 조금 놓이는 듯 남희는 '사랑은 장난이 아니야~'라는 트로트 가요를 흥얼거리며 다시 공부를 시작했다.

남희를 보며 사랑의 당사자들뿐 아니라 주변 사람들의 역할도 매우 중요하다는 생각을 했다. 서로에 대해 좋은 점들을 말해주고 멋진 만남을 축하해주는 사람들이 있다면 얼마나 좋을까. 특히 사랑을 시작하는 청소년들에게는 이러한 응원단이 더욱 필요할 거다. 선생님, 부모님은 염려하는 잔소리하는 대신 지켜보며 조언하는 역할을 해야 한다. 친구들은 놀리며 질투하는 대신 박수치고 힘을 실어주는 역할을 맡아주길 바란다. 사랑을 받으며 사랑하는 커플이라면 나쁜 길로 빠지지도, 엉뚱한 유혹에 흔들리는 일도 없지 않을까.

사랑은 장난이 아니야,
사랑은 장난이 아니야,
진심인 거야.

-태진아 '사랑은 장난이 아니야' 중에서

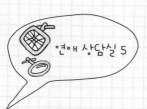

연애 상담실 5

여자들도 자위를 하나요?

Qustion:

고2 여학생입니다. 제 고민은 아, 정말 말하기 부끄럽지만 종종 자위행위를 한다는 거예요. 어느 날 샤워를 하다가 샤워기의 물줄기가 밑에 닿았는데 느낌이 이상하면서도 좋았습니다. 그 후로는 샤워를 할 때마다 일부러 샤워기를 거꾸로 해서 물을 뿌리곤 해요. 인터넷으로 검색을 해보니 그것도 자위행위의 일종이라 하던데요. 남자들이 자위행위를 한다는 건 알고 있었지만 여자들도 자위행위를 하나요? 제가 이상한 건가요? 샤워를 할 때마다 그러고 있는 제 자신이 징그럽습니다. 계속 이렇게 자위행위를 해도 괜찮은 걸까요? 몸에 문제가 생기는 건 아닌지 걱정입니다.

"자위(自慰)는 '자기 마음을 스스로 위로한다'는 뜻으로 남녀 상관없이 누구에게나 해당합니다. 여성들도 자위행위를 해요. 성적 쾌감에 대한 욕구는 이상하고 부끄러운 것이 아닙니다. 잘못된 방법이 아니라면 자위행위로 몸에 문제가 생기지는 않아요."

answer:

　자위(自慰)는 '자기 마음을 스스로 위로한다'라는 뜻으로 남녀 상관없이 누구에게나 해당합니다. 다만 성적 욕구를 해결하려는 남성들의 수음을 말할 때 자주 쓰이다 보니 남성들만 자위행위를 하는 것으로 오해를 하곤 하지요. 성욕 해결을 위한 자위도 남성들에게만 해당되는 건 아닙니다. 여성들도 자위행위를 해요. 성욕은 본능적인 것이고, 여성에게도 있으니까요.

　여성들은 민감한 성감대인 가슴이나 성기를 자극해서 촉각적 쾌감을 느끼는 경우가 가장 흔합니다. 평소에는 자위행위를 하지 않는 사람이라도 잠을 자는 중 무의식적으로 몸을 만지기도 해요. 나도 모르게 가려운 곳을 긁거나 재채기를 하는 것처럼 자연스러운 반응입니다. 2차 성징이 나타나기 전인 어린이들도 깃털로 성기를 간질이거나 식탁 모서리에 몸을 비비는 등의 행동을 해서 부모를 당황하게 하는 사례가 많거든요.

　성욕이 건강하고 자연스러운 것인 만큼 자위행위 또한 자연스럽고 건강한 것입니다. 죄책감을 느끼거나 이상하게 여기지 마세요. 고민을 상담해온 학생은 샤워를 할 때마다 자위에 대한 생각이 떠오를 겁니다. 물줄기가 주는 자극에만 집중하지 말고 미지근한 물로 음부와 항문을 충분히 마사지하며 씻으세요. 좋은 향기가 나는 여성 청결제를 사용해도 좋겠죠. 긴장이 풀어지고 혈액순환이 잘 되면 기분도 한결 개운해질 거예요.

　더러운 손이나 기구를 사용하는 등 잘못된 방법이 아니라면 자위행위로 몸에 문제가 생기지는 않습니다. 자위행위에 대한 부정적인 관념과 스트레스가 더 해롭지요. 걱정하지 마세요. 건강한 여성으로 성숙하고 있는 중이니까요.

열일곱, 사랑앓이

초판 1쇄 발행 2013년 8월 26일
초판 2쇄 발행 2014년 12월 20일

지은이 이지은
펴낸이 이지은 **펴낸곳** 팜파스
기획 서정 Agency(www.seojeongcg.com)
편집 정은아 **디자인** 조성미 **마케팅** 정우룡
인쇄 (주)미광원색사

출판등록 2002년 12월 30일 제 10-2536호
주소 서울시 마포구 서교동 404-26 팜파스빌딩 2층
대표전화 02-335-3681 **팩스** 02-335-3743
홈페이지 www.pampasbook.com | blog.naver.com/pampasbook
이메일 pampas@pampasbook.com

값 12,000원
ISBN 978-89-98537-19-7 (43800)

이 도서의 국립중앙도서관 출판시도서목록(CIP)은 서지정보유통지원시스템 홈페이지
(http://seoji.nl.go.kr)와 국가자료공동목록시스템(http://www.nl.go.kr/kolisnet)에서
이용하실 수 있습니다.(CIP제어번호: CIP2013012876)」